걸작은 아직

걸작은 아직

세오 마이코 지음 · 권일영 옮김

스토리텔러

제
1
장

1

"친아버지에게 이렇게 말하려니 이상하네. 그래도 처음 만났으니까 괜찮겠지. 뭐, 내 이름은 알고 있을 테지만 나가하라 도모(永原智)라고 해. 만나서 반가워."

불쑥 들어온 청년이 현관에서 고개를 숙여 인사했다. 나는 그저 '어, 그게' 하는 소리밖에 내지 못했다.

"뭐야. '어, 그게'라니. 아저씨, 나 알지? 그렇게 물총 맞은 고양이 같은 표정 짓지 말아 줘."

"어, 그게."

"뭐야? '어, 그게'가 입버릇이야? 그런데 나 들어가도 돼? 콩 다이후쿠[1] 사 왔는데 같이 먹자."

---

[1] 화과자의 일종으로 주로 팥앙금을 넣은 둥근 찹쌀떡. 안에 넣는 내용물이나 떡쌀에 넣는 재료에 따라 수많은 종류가 있다. '다이후쿠모치'라고도 한다.

내가 머리를 감싸 쥐고 있는 사이에 청년은 고양이가 어쩌니, 물총이 어쩌니 하면서 '역시 좋은 집에 사네' 하며 성큼성큼 거실로 들어갔다.

상쾌한 햇살이 쏟아지는 10월 오후. 어젯밤에 늦게까지 일을 해, 오후 1시가 지나도록 잠자던 나는 초인종 소리에 확인도 하지 않고 현관으로 나가 문을 열었다. 신문 구독 권유나 택배. 요 몇 해 동안 찾아오는 사람은 그런 이들뿐이라 청년 아니, 아들이 찾아올 줄은 꿈에도 몰랐다.

"그러니까…… 자네가 그 뭐냐."

"그 뭐냐?"

나를 똑바로 바라보는 바람에 무심코 시선을 피하자 '아니, 이런. 아들이 찾아왔는데 왜 그렇게 허둥대?' 하며 청년이 웃었다.

나보다 조금 큰 키에 호리호리한 체격. 사진을 여러 장 보았기 때문에 얼굴은 잘 안다. 가늘게 뜬 눈에 큰 입. 살짝 튀어나온 턱에 오똑한 코. 당연히 사진과 똑같은 얼굴이다. 하지만 아무 예고도 없이 이름과 얼굴밖에 모르는 아들이 눈앞에 나타났다. 어떻게 당황하지 않을 수 있겠는가.

"아, 너무 갑작스러워서."

"그래? 아, 그런데 아저씨, 단것 좋아해?"

"아, 그래."

"다행이네. 그럼 작은 접시 부탁해. 그리고 차도. 좀 진하게 우려야 해."

청년은 종이봉투에서 다이후쿠를 꺼내며 이렇게 말했다.

"아, 접시……, 차……."

갑작스러운 일이라 당황한 데다가 회사 근무 경험이 없는 나는 청년이 계속 지시하는 바람에 허둥대고 말았다. 부엌에서 갈팡질팡하고 있는데 '빨리 먹자. 만들자마자 산 거야' 하며 청년이 재촉했다. 나는 '어, 그래' 하며 얼떨떨한 상태에서 간신히 차를 우리고 접시를 꺼냈다.

"아니, 왜 흰 접시를 꺼냈어? 이건 빵 없는 접시잖아. 여기에 하얀 다이후쿠를 얹어 놓으면 진짜 맛없어 보일 텐데. 아저씨, 쓰는 소설은 좀 집착이 심해 보이던데 이런 건 거의 신경 쓰지 않네."

청년은 내가 준비한 접시를 보며 인상을 쓰더니 멋대로 식기 진열장을 열어 다른 접시를 꺼냈다.

"이거나 저거나 다 고만고만하네. 아저씨, 평소 뭐 먹어? 아무리 혼자 살아도 식기가 너무 없잖아."

"어, 그게. 어쨌든 됐으니 일단 거기 앉아."

몇 마디 대화를 나누다 보니 잠이 덜 깼던 머리가 조금은 맑아져 지금 눈앞에 일어난 일이 겨우 이해되었다.

"이 까만색으로 할까?"

청년은 그러더니 작은 접시 두 개를 꺼내 다이후쿠를 얹으며 말했다.

"아직도 볼록하네. 이 집 다이후쿠는 콩이 정말 맛있어."

"그런데 이게 어떻게 된 거지?"

차를 한 모금 마시고 내가 물었다. 진하게 우린 차를 마시자 잠이 완전히 달아났다.

"응? 뭐가? 아, 역시 맛있어."

청년은 고개를 갸웃거리면서도 느긋하게 다이후쿠를 먹었다.

"뭐가? 전부. 난 지금 무슨 일이 일어나고 있는지 알 수가 없는데."

"그래? 하긴, 불쑥 찾아왔으니까. 미리 연락하는 게 나았을까? 그런데 여기 주소는 알아도 전화번호를 몰라서."

"그런 거 말고……."

"그런 거 말고?"

"뭐랄까. 이게 대체 무슨 일인가 하는……."

"무슨 일이냐고? 아들이 집에 왔는데 그런 말이 나와? 아니, 날 알기는 하지? 설마 사진을 안 본 건 아니겠지?"

청년은 손에 묻은 다이후쿠 가루를 털며 이상하다는 표정을 지어 보였다.

"아니야. 사진은 봤고 알 건 다 알지."

"그럼 나에 대해 무얼 알고 무얼 모르는 거야?"

사진으로 수없이 본 무심한 얼굴. 어렸을 때부터 그 표정은 변함이 없었다.

나가하라 도모. 틀림없이 나와 핏줄로 이어진 아들이다. 매달 양육비를 송금하면 한 장씩 오는 사진을 20년 동안 받아 왔기 때문에 얼굴은 잘 안다. 하지만 그뿐이다. 태어났다는 소식을 들었을 뿐 여태까지 한 번도 직접 만난 적이 없었다.

"이름하고 얼굴이야 알지. 그리고 6월에 태어나 올해 스물다섯 살이 되었을 테고."

"하기야 요즘 세상은 아버지와 자식 관계라는 것도 흐릿

해져서 그런가? 덧붙이자면 키는 176센티미터에 몸무게는 59킬로그램. 자, 어때?"

"어떠냐고?"

"나를 처음 실제로 본 거잖아. 그동안 사진밖에 못 보았을 거 아니야? 아들을 실제로 보니 어떤 생각이 들어?"

"그, 그렇구나…… 사진은 5년 전 것까지밖에 못 보았기 때문에 더 어른스러워졌고 실제로 보니 이목구비가 더 또렷하다고나 할까?"

내가 그렇게 대답하자 청년은 키들키들 웃기 시작했다.

"난 아들이잖아? 연예인을 만나고 있는 게 아니라니까. 처음 본 감상이 이상하네."

"그런가?"

"그럼. 대개 감동하지 않아? 25년 동안 못 만난 아들이 찾아왔잖아. 그러면 이게 다 내 잘못이라고 눈물을 흘리며 사과하거나 앞으로는 뭐든 다 해 주겠다고 뜨겁게 부둥켜 안거나 그러는 거 아니야?"

청년은 '이 다이후쿠는 맛있어서 얼마든지 먹을 수 있겠어'라며 두 개째를 집어 들었다.

그런가? 이게 태어나자마자 얼굴도 못 보고 헤어져 처

음 만나는 건가? 그런 재회라면 영화나 드라마에서 몇 차례 본 적 있다. 미움과 사랑, 후회와 원망 같은 여러 생각이 흘러넘쳐 흥분되는 장면들이다. 하지만 실제로는 한 번도 만난 적 없고 함께 지낸 시간이 전혀 없어서 지금 눈앞에 아들이 나타났는데도 나는 놀랍고 당황스러울 뿐이었다.

"아니, 너무 갑작스러워서."

"갑작스러운 게 낫잖아? 이따금 자식이 만나러 온다면 만남의 감동이 옅어지지 않겠어?"

"글쎄. ……그런데 넌 왜 오늘 여기 온 거지?"

10월 10일 수요일. 누구 생일도 아니고 공휴일도 아니다. 지금까지 사진만 받았지, 우리는 한 번도 왕래가 없었다. 그런데 왜 오늘 찾아온 걸까?

"지금 일하는 곳이 여기서 가까워. 전철로 출퇴근했었는데 가만히 생각하니 여기서 다니면 편하겠다는 생각이 들어서. 당분간 여기서 살게 해 줘."

"살게 해 달라고?"

"여기 넓잖아. 방은 남을 거 아니야? 아저씨 혼자 살고."

"방이 있기는 하지만……. 아니, 그렇지만 여기 살겠다고 해도……."

"그리 오래 있지는 않을 거야."

"오래 있지는 않겠다니, 너 무슨 일을 하는데?"

"프리랜서야. 이런저런 가게에서 일해."

"프리랜서……?"

뭔지 잘 모르겠지만 요즘 흔한 직업 형태인가? 내가 고개를 갸웃거리자 청년은 이렇게 말했다.

"프리터라고도 하지. 8월부터 이 근처 편의점에서 아르바이트하고 있어. 얼마 뒤면 내가 사는 곳에서 가장 가까운 역에 새 점포가 생길 텐데 그렇게 되면 그리 옮길 거야. 그때까지만 여기서 다니겠다는 거지."

청년은 그렇게 말하더니 '다이후쿠 마르기 전에 어서 드셔'라며 웃었다.

양쪽 입가가 살짝 올라갔고 눈에서도 웃음이 넘쳤다. 아무런 꿍꿍이도 없는 듯한 맑은 웃음. 그 여자와 똑 닮았다.

....

나가하라 미쓰키를 만난 때는 26년 전. 대학을 졸업한 지 2년째 되던 가을 어느 날이었다.

학창 시절 마지막 해에 쓴 소설로 신인상을 받은 나는 바로 몇몇 출판사로부터 집필 의뢰를 받다 보니 글쓰기를 직업으로 삼게 되었다.

어렸을 때부터 도서관 책을 모조리 읽을 만큼 책 읽기를 좋아했다. 중학교, 고등학교 다닐 때는 하루에 몇 권씩 읽기도 했다. 책은 읽을수록 내 안으로 파고드는 듯했다. 한 글자 한 글자 읽을 때마다 내 깊이가 더욱 깊어지는 듯했다. 놀이나 동아리 활동에 몰두하는 친구들과 제대로 어울리지 못한다는 느낌을 어렴풋이 받기는 했지만 그런 생각에 얽매일 겨를이 없을 만큼 독서에 빠져 지냈다. 쉬는 시간이고 집에서 보내는 시간이고 틈만 나면 책에 굶주린 사람처럼 읽어 댔다.

대학생이 되면서 시간이 많아져 책을 실컷 읽었다. 그러자 차츰 읽기만으로는 성에 차지 않게 되었다. 다른 분위기의 책을 읽고 싶다. 조금 더 나와 비슷한 등장인물을 만나면 좋을 텐데. 대학생에 별 볼 일 없는 평범한 삶을 사는 주인공이라면 어떤 이야기가 만들어질까? 이런 생각이 들자 자연히 글을 쓰게 되었다. 몸과 머리에 가득 차 있었던 걸까? 별 어려움 없이 글이 써졌다. 내 밑바탕에 있는 어렴풋한 감정과 막연히 주위에 펼쳐진 세계나 미래를 글로 그리다 보니 존재의 답을 찾을 수 있을 듯한 기분이 들었다.

대학 4학년이 되었을 때 스스로 생각하기에도 재미있는 작품이 하나 나왔다. 여러 차례 다시 읽어도 질리지 않았고 남에게 보여 주어도 부끄럽지 않겠다는 생각이 들었다. 다른 사람들의 감상을 들어 보고 싶다. 이런 생각이 들어 그때 마감 시한이 가장 가까웠던 문학상에 응모했다. 그런데 그게 대상을 받게 되었다. 그리고 그 뒤로 출판사 사람들이 계속 새 작품을 써 달라며 나를 찾아왔다. 그 의뢰에 응하다 보니 어느새 나는 작가가 되어 있었다.

소설가가 될 마음은 없었고, 될 수 있을 거라는 생각도 하지 않았다. 그렇지만 작가는 나쁘지 않은 직업이었다. 글쓰기는 이렇다 할 취미도 없는 내게 자신을 뿌듯하게 만들어 주는 하나뿐인 일이었고 즐거운 작업이었다. 그런 글쓰기가 직업이 되었으니 순풍에 돛을 달았다고 해도 괜찮으리라.

그때 학창 시절부터 알고 지내던 친구인 소네무라가 회사 동료와 술자리를 갖는다면서 굳이 나오라고 했다. 원래 사교적이지 못한 편이었던 나는 소설 쓰는 일을 직업으로 삼은 뒤로는 거의 밖에 돌아다닐 일이 없었다. 게다가 만난 적도 없는 사람과 술자리를 함께한다는 사실에 마음이 무거웠다.

"소설 쓰는 건 굉장한 일이라고 생각해. 그런데 어떡하냐?"

수화기를 내려놓으려는 내게 소네무라가 말했다.

"어떡하냐?"

"그렇게 집 안에만 틀어박혀 지내면 아무도 만날 수 없잖아? 친구도 생기지 않을 테고 애인도 만들 수 없을 거야."

"그렇구나."

"그렇구나? 가끔은 집에서 나와야지. 방구석에 혼자 틀어박혀 있으면 곧 머리가 이상해질 거다."

"그런가?"

"그럼, 그렇지. 가끔 다른 사람들과 이야기도 나누거나 외출도 좀 해. 지금 네가 하는 그런 생활을 당연하게 여기면 큰일 난다."

어렸을 때부터 활달한 편은 아니었지만, 학교라는 울타리 안에 있을 때는 억지로라도 다른 아이들과 이야기를 나누기도 하고 함께 행동해야 했다. 그래서 나름 친구나 애인도 생겼다. 그런데 작가라는 직업을 가진 뒤로는 억지로 다른 사람들과 함께 시간을 보내지 않아도 되었다. 책상 앞에 앉아 컴퓨터 자판만 두드리면 일은 할 수 있었다. 출판사와 의논할 일이 있어도 전화나 팩스로 충분했다. 다만 아무도 만나지 않는 생활이 한 달 넘게 이어지는 때도 있어 아주 가끔은 내가 사회와 동떨어져 지내는 느낌이 들기는 했다. 이런 식으로 나를 불러낸 녀석은 소네무라 말고는 없었다. '하긴 그렇지' 하고 모호하게 대답하다 보니 어영부영 술자리에 나가게 되었다.

소네무라가 데리고 나온 사람 가운데 한 명이 나가하라 미쓰키였다. 눈길을 잡아끄는 예쁜 여성이었다. 크고 또렷하게 쌍꺼풀진 눈에 작지만 오뚝한 코. 날렵한 턱선도 매력적이었고 투명해 보이는 곱고 흰 피부에 긴 속눈썹이 돋보였다. 그 자리에 있던 모두가 눈치껏, 하지만 뻔질나게 그녀의 얼굴을 훔쳐보았다.

그렇지만 술자리가 시작된 지 10분도 지나지 않아 장점은 외모뿐이고 속은 텅 빈 여자라는 생각이 들었다. 귀에 거슬릴 만큼 큰 목소리로 텔레비전 프로그램이나 유행에 관한 이야기만 했다. 자기가 예쁘다는 사실을 알고 있다는 듯이 다른 사람들을 바라보는 그 시선이 점점 싫어졌다. 두서없는 이야기에 짜증이 나기도 했다. 스물한 살인데 단기대학을 나와 부동산회사에서 일한다고 했지만, 이런 바보 같은 사람이 사회생활을 한다는 사실이 끔찍했다.

좋아하는 타입이 전혀 아니었고 관심도 없었다. 그런데 취해서 그랬는지 웃는 얼굴만은 예쁘다는 생각이 들었다.

그리고 그날 밤, 술에 취한 상태에서 관계를 갖고 말았다. 미쓰키가 '소설 쓰는 사람 방을 구경하고 싶다'라면서 내가 사는 연립주택으로 따라와서 한잔 더 마시게 되었는데 나중에 잠에서 깨어나 둘 다 서로 '아, 이런 실수를'이란 생각에 말도 거의 없이 옷을 입었다. 그리고 미쓰키는 '출근해야 해서 갈게'라며 서둘러 내 방을 나갔다.

그때까지 나는 마음에 들지도 않는 상대와 섹스를 한 적은 한 번도 없었다. 대학 1학년 때 이후로는 애인도 없었다. 취하기는 했어도 한 번 만났을 뿐인 외모만 예쁜 여자와 이렇게 되다니. 한동안 후회했다. 하지만 한 달쯤 지난 뒤에는 그날 밤에 있었던 일도, 나가하라 미쓰키도 잊었다.

그런데 석 달쯤 지났을 무렵인가? 미쓰키가 '임신했다'라고 했다.

내가 사는 곳으로 찾아온 미쓰키는 천연덕스러운 얼굴로 '난 일단 아기를 낳을 거야'라고 했다.

순진하고 진지했던 나는 임신시켰다는 사실에 겁이 났고 내게 자식이 생긴다는 사실에 머릿속이 혼란스러웠다.

결혼해야 한다. 전혀 좋아하지 않는 여자와. 내 인생은 이제 끝난 거나 마찬가지다. 이런 절망적인 심정이었는데 미쓰키는 내가 입을 열기도 전에 이렇게 말했다.

"나도 같은 생각이야."

그 뒤로도 몇 차례 둘이 이야기를 나눌 기회가 있었다. 미쓰키는 아기를 낳겠다는 마음은 변함이 없었고 내 애가 틀림없다고도 했다. 나도 내 자식이 태어날 거라는 사실을 받아들였다. 하지만 대화를 할수록 우리가 서로 맞지 않는다는 사실만 분명해졌다. 직감에 따라 행동하는 엄벙덤벙한 미쓰키와 늘 신중한 나는 사고방식은 물론이고 장래에 관한 생각도 전혀 달랐다. 그리고 함께 있는 시간이 길어질 때마다 더 서먹해지기만 할 뿐이었다. 아기를 낳아 미쓰키가 기르고 나는 양육비를 댄다. 이게 마지막 결론이었다.

둘이 의논해서 내린 결단이었다. 그런데 나는 주변 사람들로부터 쓰레기 같은 놈이라는 소리를 들었다. 안 그래도 친구가 적었는데 소네무라까지 나를 비난했다. 마음이 불편해진 나는 살던 연립주택에서 나와 이웃 도시로 이사하고 말았다.

양육비로 얼마를 줘야 할지 몰라 혼자 키우기는 힘들다는 미쓰키의 말에 따라 매달 10만 엔을 꼬박꼬박 보냈다. 그리고 양육비를 보내면 이삼일 뒤에는 '10만 엔 받았습니다'라고만 적은 쪽지와 아들 사진을 보내왔다.

....

"그렇게 된 거야. 아저씨, 잘 부탁해. 뭐 식사나 빨래는 내가 알아서 할 테고 그냥 잠잘 방만 빌려주면 되니까 너무 신경 쓰지 말고."

내가 멍하니 생각에 잠긴 사이 청년은 다이후쿠를 다 먹었는지 접시를 들고 부엌으로 가져가며 이렇게 말했다.

"결정했다니. 그렇게 네 맘대로 하면 곤란하지."

"곤란하다니, 뭐가? 아저씨에게 폐가 될 일 특별히 없을 텐데."

"폐가 되고 뭐고 그런 문제가 아니라……."

"아니, 아저씨. 나 몰라라 내버려 두었던 친아들이 잠잘 방 좀 빌려 달라는데, 내쫓겠다는 거야? 너무하지 않아? 내가 불쌍하지도 않아?"

청년이 말했다.

나는 '넌 너무 제멋대로이고 뻔뻔하잖아'라고 내뱉을 뻔했지만 도로 삼켰다.

별일 아닌 양 가볍게 말하지만 내 앞에 나타난 청년은 분명히 내 자식이다. 단 한 번의 관계로 생겼을 뿐이라고 변명하며 나 몰라라 하던 내 아들이다. 붙임성 좋고 뻔뻔한 모습. 그런 모습에 혐오감이 치밀 것만 같았다. 하지만 가만히 생각해 보니 그러지 않으면 살아갈 수 없는 환경에서 자란 게 아닐까? 싱글 맘 아래서 자랐고 아버지는 만난 적도 없다. 어른들에게는 붙임성 좋고 요령 있고 약삭빠르게 행동해야만 할 삶이었던 게 아닐까―.

내 마음속 깊은 곳에서 들려오는 모놀로그에 눈을 감고 고개를 끄덕이려던 나에게 청년이 웃으며 말했다.

“아저씨, 아니야. 난 원래 붙임성 좋고 요령 있게 태어난 성격이야. 엄마도 열심히 일해서 돈을 벌었고 아저씨가 보내 준 양육비도 있어서 꽤 넉넉하게 지냈어.”

너무 정확한 표현이라 내 마음의 목소리라고 착각할 뻔해 나는 이렇게 중얼거렸다.

“그래⋯⋯. 알았어. 그렇지만 네 멋대로 내 생각을 들여다보고 말하지 말아 줘.”

“아저씨가 생각하는 게 70퍼센트쯤 그렇겠지. 아, 내가 쓸 만한 방 좀 보고 올게. 그동안 다이후쿠라도 먹고 있어.”

청년은 그렇게 말하더니 다이닝룸을 나갔다.

2

"사과는 말했다. '빨개지면 끝이야. 이제 떠날 때가 온 거지'라고. ……아저씨, 이 소설 결말 무슨 뜻인지 모르겠네."

이튿날 아침, 다이닝룸으로 가니 청년은 빵을 먹으며 내 책을 읽고 있었다.

꿈이 아니었다. 내 아들이라는 인물이 찾아온 게. 너무 갑작스러운 일이라 현실로 인식할 수 없었던 건지, 그동안 잊고 지내던 아들에게 다가갈 수 없어서 나도 모르게 피한 건지 모르지만 어제는 다이후쿠를 먹은 뒤에 2층으로 올라간 청년을 확인하지도 않고 그냥 새벽 세 시까지 일하다 잠이 들었다. 충격적인 일을 당했을 때 사람들은 평소와 같은 일상을 유지하려는 경향을 보인다고 하던데 진짜였다.

지은 지 40년이 넘은 단독주택. 산 지 벌써 20년 가까이 된다. 미쓰키에게 임신했다는 이야기를 들은 뒤, 이 도시로 와서 한동안 아파트에 살았지만 서른 살이 되었을 때 이 집으로 이사했다. 새로운 사람들과 만날 일은 거의 없다. 앞으로도 가족이 늘거나 내 삶이 바뀔 일은 없을 것이다. 그 무렵에는 내 책이 열 권 넘게 나와 돈은 충분히 모았기 때문에 융자도 끼지 않고 이 집을 샀다.

이 지역은 비교적 큰 집들이 대부분이라 조용하고 차분하다. 혼자 살기 너무 넓은 집이기는 하지만 무엇보다 동네 분위기가 마음에 들었다. 다만 옛날식으로 지은 집이라 작은 방이 여러 개였다. 그래서 이사한 뒤로 전혀 들어간 적이 없는 방도 몇 개 있다. 2층에는 방이 다섯 개 있으니 청년은 그 가운데 어느 방에서 잤을 것이다. '넓은 집이라 누가 몰래 살고 있어도 눈치채지 못할 수 있겠구나' 하는 생각에 묘한 느낌이 들었다.

"사과가 익어서 출하된다는 이야기인가? 아, 같이 마실 거지?"

청년은 커피를 끓여 내 앞 테이블에 내려놓았다.

"아, 그거……. 그건 사람의 삶을 그린 소설이야. 사과라는 건 인간 본래의 모습이라고나 할까?"

"사과가 인간 본래의 모습이라고? 아저씨, 좀 피곤한 거 아니야? 괜찮아?"

청년은 얼굴을 찡그리며 어깨를 으쓱해 보였다. 인간 밑바탕에 있는 것을 참신하게 표현한 소설이라는 여러 찬사를 받은 작품인데. 아무래도 청년은 독해력이 떨어지는 모양이다.

"이해하기 좀 어려운가? ……그런데, 이 커피 뭐지?"

나는 청년이 끓인 커피를 한 모금 마시고 깜짝 놀랐다. 향기가 진했고, 부드러운 우유는 깊이가 느껴졌다. 아마추어가 끓인 커피라고는 생각할 수 없었다.

"뭐야, 왜 그래? 사과 다음에는 커피가 인간 본래의 모습으로 보여?"

"아니, 이거 너무 맛있잖아."

청년은 '너무 맛있어?'라며 눈을 동그랗게 떴다.

"그래, 중후한 맛이야. 어디 원두를 쓴 거냐? 너, 바리스타니?"

"바리스타는 아니고, 난 프리터. 이거 인스턴트커피야. 아저씨 집에 있던 건데. 평소에 커피 어떻게 타 먹어?"

"어떻게? 커피 가루를 컵에 넣고 뜨거운 물을 부은 다음, 마지막에 우유를 넣고 젓지."

20년 넘게 매일 아침 커피를 마신다. 이런 단순한 작업에 실수가 있을까?

"알았어. 이제부턴 우유를 데워서 넣어 봐. 레인지에 데워도 되니까. 그렇게 하면 차분한 맛이 나지. 아저씨하고 나하고 커피 끓이는 방법 차이는 그것뿐이야."

"그것뿐이라고?"

겨우 그 차이만으로도 커피 맛이 이리 달라지는 걸까?

"그럼. 그리고 다른 사람이 끓여 주기 때문 아닐까? 직접 끓이는 커피보다 다른 사람이 끓여 주는 커피가 당연히 맛있을 테니까."

"그런가?"

"아, 참. 나 조금 있다가 이 부근 산책 좀 하고 바로 아르바이트하러 갈 거야. 밤에나 돌아올 테니 아저씨는 신경 쓰지 말고 사과 출하 작업을 하거나 커피 끓이는 방법을 연구해."

청년은 '그럼, 갔다 올게' 하며 가볍게 손을 들더니 방을 나갔다.

"어, 어어."

다른 사람과 자연스럽게 거리를 좁히는 요령은 내게 전혀 없는 능력이다. 그 때문인지 실제로 청년을 앞에 두고 이야기를 나누면서도 아들이라는 끈끈한 느낌은 전혀 들지 않았다.

그렇지만 나가하라 도모는 분명히 내 아들이다. '10만 엔 받았습니다'라는 글만 적혀 있는 쪽지와 함께 매달 한 장씩 받은 사진. 태어난 지 얼마 되지 않은 아들은 나를 똑 닮아, 내 아기 때 사진을 보는 기분이 들 정도였다. 그런데 콧대가 오뚝해지면서 얼굴이 차츰 미쓰키를 닮아 갔다. 초등학교에 들어갈 무렵에는 동그스름한 어깨와 왼쪽 뺨에 두 개 나란히 있는 점 말고는 공통점이 사라졌다.

나는 책꽂이에서 연월 순으로 사진을 넣어 보관하는 파일을 꺼냈다. 들여다보며 감상에 젖거나 하지는 않지만, 그래도 아들 사진인데 버릴 수는 없어 일단 파일에 넣어 보관했다.

따로 살기로 합의했다고 해도 아들이 무사히 태어났다는 소식을 들었을 때는 마음이 놓였다. 생후 3년가량은 자라나는 모습을 보며 감동해 사진을 몇 번씩 꺼내 보았다.

누워 지내던 아기가 앉고, 서고, 걸었다. 다음에는 무얼 하게 될까 하는 기대감에 사진이 오기를 기다리기도 했다. 하지만 아들의 성장이 완만해졌기 때문인지, 도모가 다섯 살이 지나면서는 사진을 봐도 그런 감동은 느끼지 못했다.

'공연히 애를 만나면 좋지 않은 영향을 끼칠 수 있다. 평생 함께 살 각오가 아니라면 절대 만나러 오면 안 된다'라고 미쓰키가 못을 박았기 때문이기도 하지만, 친아들이 바로 옆에 있는 도시에서 살고 있어도 만나러 간 적은 없다. 직접 보고 싶다는 마음은 나날이 옅어져, 돈을 보내고 사진을 받는 흐름에 머리도 마음도 익숙해지고 말았다. 그러다 보니 아들의 성장을 사진으로 보며 기쁨을 느낀 정도로 겨우 아비 역할을 했다고 생각하던 그 하찮은 의무감마저 사라졌다. 어느새 사진은 양육비 수령과 아들이 건강하다는 사실을 확인하는 용도로만 여겨졌다.

마지막에 받은 사진에는 '스무 살이 되었으니 이제 돈은 필요 없습니다'라는 메시지가 붙어 있었다. 이 사진으로부터 5년 4개월. 내 앞에 나타난 도모는 사진보다 조금 야위고, 얼굴도 윤곽이 또렷해진 느낌이다. 프리터라고는 해도 사회생활이 힘든 모양이다.

241장의 사진에 효용이 있다면 갑자기 나타난 청년을 보고 내 아들이라고 인식할 수 있다는 점일까? 한 번이라도 도모가 움직이는 모습을 보았다면, 내 손으로 도모를 만져 보았다면 내 마음은 조금 더 움직였을까? 241장이나 되는 사진을 넣어 둔 파일은 엄청 무겁다.

나는 파일을 정리해 서재로 갔다. 이달에 써야 할 원고를 아직 절반도 쓰지 못했다.

3

"아저씨, 먹을 거야?"

밤 8시. 다이닝룸에 들어가니 식탁에 청년이 있었다.

"이거 아르바이트하는 데서 남은 것 가져왔어. 유통기한은 지났지만 맛있어."

"아니, 됐어. 밤에는 잘 먹지 못해서."

"흠. 아저씨, 평소 뭘 먹어?"

청년은 찻물을 끓이려는지, 주방으로 가면서 말했다.

"적당히 먹지."

"적당히 먹는 게 뭐냐고?"

"간편식이나 칼로리메이트 같은 거."

일주일에 한 번은 밖에 나가서 간단하게 먹을 만한 음식을 이것저것 사 온다. 워낙 음식을 가리지 않는 데다가 집에 앉아 컴퓨터 자판을 두드리고 있을 뿐이라서 배도 별로 고프지 않다.

"균형 있는 식사를 해야 병에 걸리지 않는 법인데."

"영양제를 먹으니까."

"영양제? 아, 그렇구나. 그래서 그런가?"

청년은 내 자리에도 차를 내려놓더니 혼자 고개를 끄덕였다.

"뭐가?"

"좀 전에 읽은 아저씨 소설 말인데. 삶이 막막한 청년이 호쿠리쿠 지방으로 갔다가 거기서도 절망해 바다의 모즈쿠[2]로 변신한다는 이상야릇한 판타지."

"판타지가 아니라 그건 삶에서 떼어 놓을 수 없는 고뇌를 그린 순문학이야. 게다가 청년이 변신한 모습은 모즈쿠가 아니라 모쿠즈[3]야."

청년은 국어 실력이 너무 없다. 나는 식탁에 앉으며 지적했다.

"흠. 난 고뇌한다고 해서 해초가 되고 싶다는 사람은 한

---

2   바다에서 나는 해초류. 주로 따뜻한 바다에 서식하며 식용으로 쓰인다.
3   바다에서 나는 해초 부스러기들, 바닷속 쓰레기들을 가리킨다. '모쿠즈가 되다'는 '바다에 빠져 죽다', '바다에 가라앉다'라는 뜻이 되기도 한다.

명도 못 보았는데. 뭐 그런 리얼리티는 그렇다 치고, 청년이 호쿠리쿠에서 생선 먹는 장면 있잖아?"

"아, 그렇지."

10년쯤 전에 쓴 소설이다. 자세한 장면까지는 기억하지 못하기 때문에 나는 대충 고개를 끄덕였다.

"그 모즈쿠 청년, 고기잡이 항구 시장에서 전갱이 회를 먹고 '금방 잡았는데 살이 말캉하니 맛있네요'라고 하잖아."

"그게 뭐 잘못됐니?"

"동해 쪽 생선의 장점은 살이 쫄깃하다는 거잖아. 태평양 쪽에서 살던 청년이라면 먼저 살의 탄력에 놀랄 텐데. 게다가 전갱이 회가 말캉하다면 맛이 간 거 아닌가? 아저씨, 영양제만 먹으니까 맛을 모르지."

"소설은 허구야."

"아아. 그런 부분은 적당히 써도 되는구나. 아, 참. 1200엔 내가 대신 냈으니까 나중에 갚아."

청년은 편의점 주먹밥을 다 먹은 뒤 이렇게 말했다.

"1200엔?"

"그래. 후기분이래. 내가 냈다고."

"무슨 후기분?"

전기 요금은 은행에서 자동으로 빠져나가고, 돈이 들 일은 아무것도 없다.

"자치회비 말이야. 아침에 산책하는데 뒷집 다카기 씨를 만났어. 아저씨는 자치회에 들지 않았다고 해서 바로 하라다 회장 집까지 가서 인사드리고 가입했어. 곧 10월이기 때문에 후기분만 내면 된대."

"뭐?"

다카기 씨에 하라다 회장. 들어 본 적도 없는 이름이 나와 도무지 의미를 알 수 없는 나는 그저 고개만 갸웃거렸다.

"그러니까, 이 3초메 자치회 회비."

"아아."

"아저씨, 주민 회람판⁴ 오지 않지?"

"회람판……?"

"그래. 지역 활동 같은 게 실려 있는 거. 아저씨, 주민 자치회에 가입하는 거 까먹고 있기 때문이야."

4 일본의 지역 주민 자치회 같은 곳에서 정보 공유, 서류 배포, 연락을 목적으로 주민들끼리 돌려 보는 연락 수단. 두꺼운 판지에 내용이 적힌 유인물을 끼워 회람하며, 받은 주민은 확인했다는 표시를 한 뒤 다음 집으로 전달한다.

"까먹은 게 아니야. 듣고 싶지 않았을 뿐이지."

50년쯤 전에 개발되었다는 이 지역은 낡았고, 버스를 갈아타지 않으면 역에도 나갈 수 없는 불편함이 있지만 그만큼 땅이 넓고 한 채, 한 채를 여유 있게 지어 다른 집들에 특별히 신경 쓸 일이 없다. 사람을 만날 일은 거의 없고, 번거롭게 이웃과 오가며 인연을 맺어야 하는 일 없이도 살 수 있다. 그런 점에 이끌려 이리 이사하게 되었다. 그러니 자치회라느니 회람판이니 하는 것들은 아무 의미도 없다.

"가입하고 싶지 않다고?"

청년은 눈살을 찌푸렸다.

"회람판 같은 건 필요 없고, 지역 활동도 관심 없어."

"아저씨, 위기 회피 능력이 제로구나."

청년은 짐짓 크게 한숨을 내쉬었다.

"위기 회피 능력? 그게 자치회하고 무슨 관계가 있는데?"

"아저씨, 지진이나 다른 자연재해가 일어나면 어떡할 거야?"

"대피할 곳은 알아. 초등학교 체육관이지."

"그 체육관에 가서 아저씨는 어디 앉을 거야? 만약 다치기라도 하면 어떻게 해서 체육관까지 갈 거야? 음식은? 화장실은?"

"그런 건 나라에서……, 최소한 지방자치단체에서 도와주겠지."

내 말에 청년은 몸서리치는 시늉을 했다.

"집 안에서 컴퓨터 자판만 두드리고 있으면 정말 곤란해. 위급할 때 이런 한적한 동네까지 국가나 지방정부가 보살필 수 없지. 어느 번지에 사는 누가 지금 어떤 상태인지 파악할 수가 없어."

"뭐 그렇기는 해."

"무슨 일이 생기면 우선 자치회 단위로 움직이는 경우가 대부분이야. 방재용품도 자치회 비품 창고에 있을 테고. 체육관으로 대피한 뒤에도 자치회의 지시에 따라 움직여야 해. 아저씨, 이 동네 자치회에서까지 버림받으면 아무한테도 알리지 못하고 이 집에서 그냥 모쿠즈가 되는 거야."

계속해서 나오는 설득력 넘치는 청년의 말에 고개를 끄덕일 뻔했다.

"그렇지만 일어날지 어떨지 모르는 만일의 경우를 위해

굳이 주민 자치회에 들어갈 필요는 없잖아."

나는 겨우 반박했다.

"들어가서 손해날 건 없잖아? 혹시 1200엔이 아까워서?"

"그건 아닌데."

"그럼 뭐야?"

청년은 자치회에 들어가는 걸 떨떠름하게 여기는 나를 어처구니없다는 눈빛으로 바라보았다.

"특별한 이유는 없지만, 그래도, 역시······."

"그래. 역시 이상하겠지. 남자가 쉰 살이나 나이를 먹고도 혼자 살고 평일 대낮에도 집에 있으니. 무얼 하는 사람인지 수상하게 여길 게 틀림없어. 남들 시선 따윈 아무래도 상관없다. 난 나다. 생각은 이렇게 해. 그렇지만 이웃의 호기심 어린 시선을 생각하면 숨죽이고 사는 편이······."

"아니, 너. 마치 내가 하는 이야기처럼 멋대로 혼잣말하지 마."

청년의 말을 듣던 나는 목소리를 높였다.

"어차피 그게 그거지. 아저씨, 주변에 나는 소설 쓰는 사람이라고 당당하게 밝히면 되잖아?"

"묻지도 않는데 직업을 이야기하다니, 이상하잖아. 게다가 다들 알만큼 유명하지도 않은데 소설가라고 하면 더 우습게 여길 거야."

"애당초 그 정도로 유명한 소설가는 나쓰메 소세키와 무라사키 시키부 정도라니까. 아, 아저씨도 지폐에 얼굴이 들어가게 되면 유명해질 수 있는 거 아니야? 돈을 찍어 내는 일본은행에 전화해 보시지?"

"됐어. 지금 지내는 데 아무 불편도 없으니까."

자치회에 들어가지 않았어도 불편을 느낀 적은 전혀 없다.

"뭐 올해 회비는 내가 냈으니 내년 3월까지 자치회원을 하면 되잖아. 그럼 난 일하느라 지쳐서 잘게."

청년은 '나 원 참' 하고 중얼거리며 방을 나갔다.

자치회에 들어가다니, 여태 생각도 해 본 적이 없었다. 이사를 왔을 때 당시 회장에게 자치회 설명을 듣기는 했지만 그뿐이었다. 그 뒤로는 입회를 권유받은 적이 없다. 이웃 사람도 두 달에 한 번 집 앞에서 스치면 그뿐이다. 그런데 느닷없이 회람판을 이웃에 전달해야 한다니, 생각만 해도 끔찍하다.

4

오른손에 신이 내렸다. 이런 말을 이따금 듣는데, 무슨 귀신이라도 씐 듯이 글이 써지는 일은 없다. 무아지경으로 쓰다 보니 시간이 너무 많이 흐른 적도 없고, 등장인물들이 알아서 움직이지도 않는다. 컴퓨터 앞에 앉아 머리를 정리하면서 더듬더듬 단어를 입력해 간다. 내게 소설을 쓰는 일은 생각보다 현실적인 작업이다. 그래도 조금씩 이야기가 펼쳐져 가는 이 시간이 좋았다. '주인공을 어디로 가게 할까, 어떤 인물과 만나게 해 줄까' 이런 생각을 하다 보면 잔뜩 욕심을 부려 도서관에서 빌린 책을 손에 들고 가슴 설레며 읽던 어린 시절의 느낌이 되살아난다.

하기야 지금 쓰는 이야기는 친구와 함께 회사를 차렸는데 그 친구가 회삿돈을 가지고 도망쳐 망하게 된 남자 이야기이기 때문에 가슴 설레는 느낌과는 좀 다를지도 모르지만.

친구에게 배신당한 뒤 고독감에 빠지고 부모에게도 의지할 수 없는 상황을 맞이하는 걸로 하자. 나는 이때까지 쓴 문장을 다시 읽은 뒤, 자판에 손가락을 얹었다. 스물일곱 살 주인공 료스케는 오래간만에 고향으로 돌아온다. 하지만 본가는 이미 이사해 자기는 갈 데가 없다는 사실을 깨닫는다.

여기까지 쓰고 나는 고개를 갸웃거렸다. 괜찮을까? 부모는 이사할 때 대개 자식에게 알리려나? 다 자란 아들인데. 다 큰 성인이다. 의절한 상태일까? 리얼리티가 너무 떨어지면 안 된다는 생각에 내 부모를 머릿속에 떠올려 보았다.

나는 대학에 들어가자마자 집에서 나왔다. 학창 시절에는 명절에 집에 갔지만 졸업한 뒤로는 그마저도 하지 않게 되었다. 관공서에 근무해 고지식한 아버지와 어머니는 내가 취직하지 않고 소설가가 된 걸 이해하려고 들지 않았다. 나도 미쓰키를 임신시켰다는 이야기를 부모님이 어디선가 들었을지도 모른다는 생각에 점점 만나기 꺼려졌다. 20대에는 부모로부터 '잘 지내냐? 집에 좀 들러라'라는 전화나 엽서가 왔지만, 내가 서른이 되자 그것도 오지 않았다. 부모님도 나이가 드셔서 내게 신경을 쓸 수 없게 되셨으리라. 아마 이미 내게 정나미가 떨어졌을 것이다.

우리 집이 이상한지도 모르겠다. 평범한 부모들은 어떻게 할까? 자식이 없으면 부모 마음을 이해하지 못하기 마련이다. 이런 생각을 하다가 멈칫했다. 그러고 보니 내겐 아들이 있다.

어쨌든 나는 25년이나 아버지였다. 내가 참 무심하다는 생각이 들어 놀랍기는 하지만, 아무리 같은 핏줄이어도 만나지 않고 살면 자기가 부모라는 느낌을 받지 못한다. 지난주 수요일에 처음 실제로 아들을 만났다. 그렇지만 모르는 고양이가 집을 잘못 찾아 들어온 느낌이라 아들에 대한 정 같은 게 솟아나지는 않았다.

청년도 살기에 편리해서 여기 있을 뿐인지, 특별히 나와 거리를 좁히려는 눈치는 보이지 않았다. 실제로 어제, 그제는 얼굴도 못 보았다. 생활 리듬이 다르면 같은 집에 살아도 마주치지 않는 모양이다.

부자지간이라는 게 생각보다 희미한 관계다. 주인공의

부모가 아무 연락 없이 그냥 이사했어도 크게 위화감이 들지는 않으리라. 이렇게 하면 괜찮을까 하고 글을 계속 입력하는데 노크 소리가 들렸다.

"죽지 않았어?"

청년이 문을 열고 들어왔다.

"안 죽었어……."

죽지 않았어? 무슨 질문이 그런가 싶어 얼굴을 찌푸리는데 청년은 내 옆에서 방을 둘러보며 말했다.

"이게 아저씨 방인가? 작가라고 해서 사전과 책이 잔뜩 쌓여 있을 줄 알았더니. 산뜻하네."

"뭐 그렇지. 근데 무슨 일?"

원래 집에 사람이 들어오는 일 자체가 없기는 하지만, 누가 내 서재에 들어오기는 처음이라 나는 약간 움츠러들었다. 누가 봐서 특별히 곤란할 일은 없어도 내가 일하는 공간을 다른 사람이 본다는 게 왠지 겸연쩍었다.

"무슨 일이냐니? 화요일에 다이닝룸에서 본 뒤로 이틀이나 못 보았으니까 그러지. 안부를 확인하러 온 거야."

"다이닝룸에는 몇 번 갔는데 마주치지 않았을 뿐이지."

"뭐, 잘 지내는 것 같네. 그런데 식사 시간 이외에는 여기 있는 거야? 숨 막히지 않아? 환기 좀 시키셔."

청년은 멋대로 방 안쪽까지 들어가 창문을 열었다. 오후 5시가 넘어 발그레한 햇살과 서늘한 바람이 방 안으로 흘러들어 왔다.

모처럼 잘 써지던 글도 끊겼다. 이런 식으로 중단되면 쉽게 다시 일로 돌아가지 못한다. 나는 컴퓨터를 끄고 의자에서 일어나 기지개를 켰다.

서재는 열 평쯤 된다. 가구는 넓은 작업용 책상과 책장, 소파와 작은 테이블뿐이라 이 방에서 숨이 막힌다는 느낌이 든 적은 없다.

"소문으로 들은 적은 있는데, 작가는 정말 의자에 앉아서 컴퓨터 자판만 두드리는구나."

"그게 일이야."

"회사에 가거나 하지는 않아?"

"아니. 어디에 소속되어 있는 게 아니니까."

컴퓨터로 소설을 써서 이메일로 출판사에 보낸다. 교정지가 나오면 우편으로 주고받아 책이 나온다. 집에서 한 걸음도 나가지 않아도 일이 된다.

"나 같은 사람도 편의점에 소속되어 있는데. 아, 참. 가라아게쿤⁵ 먹을래? 아르바이트 끝나고 사 왔어. 아직 따뜻해서 맛있을 거야."

청년은 소파 앞 작은 테이블에 꾸러미를 내려놓았다. 닭 머리가 그려진 포장 용기는 온기 때문인지 살짝 찌그러졌다.

"너 간사이 지방에서 살았었니?"

오전에 커피 한잔 마셨을 뿐이라 배가 고팠던 나는 가라아게에서 나는 향긋한 냄새에 이끌려 테이블 쪽으로 몸을 기울이며 물었다.

"몇 차례 여행으로 오사카와 교토에 간 적은 있는데. 왜?"

"간사이 지방 사람들은 콩에 '상'을 붙이고, 엿에는 '짱'을 붙이며 음식을 높여 부른다는 말을 들은 적이 있어서."

"그래서?"

청년은 의아하다는 표정을 지었다.

"그래서라니, 좀 전에 네가 가라아게에 '쿤'을 붙여서 간사이 방식이 아닌가 싶어서."

---

5   일본의 편의점에서 판매하는 인기 닭튀김. 1986년에 발매해 값싼 식품으로 큰 인기를 끌었으며, 2022년 4월까지 321종의 맛이 개발되었다.

"쿤?"

"방금 가라아게쿤 먹겠느냐고 하지 않나?"

잘못 들었나 싶어 나는 고개를 갸웃거렸다.

"아저씨, 제정신이야?"

청년이 머리를 감싸 쥐었다.

"이건 상품 이름이 가라아게쿤이야. '쿤'까지 포함해서 상품 이름이라고. 자, 드셔 봐."

청년은 어처구니없다는 표정으로 꾸러미를 펼치더니 가라아게에 이쑤시개를 꽂아 내게 내밀었다.

권하는 대로 작은 치킨너겟처럼 생긴 물체를 입에 넣었다. 겉은 바삭하고 속은 촉촉하고, 기름도 신선했다. 딱 좋은 매콤함이 뒤끝을 끄는 맛이었다.

"맛있네."

"그렇지? 이게 가라아게쿤. 이제는 포키[6], 해피턴[7]이나 스타바라테[8]만큼 유명할 거야."

"그렇구나. 포키는 먹어 본 적이 있지만 스타바라테는 마셔 본 적이 없네. 아, 물론 스타벅스는 알지만 말이야."

6   우리나라의 빼빼로와 흡사한 과자.
7   타원형 모양을 한 서양 스타일의 쌀과자 상품명.
8   스타벅스에서 파는 라테. 일본에서 '스타벅스'를 '스타바'로 줄여 부르기도 한다.

나는 대답하면서 가라아게쿤을 한 개 더 입에 넣었다. 가라아게보다 가볍고 간식용 과자보다 씹는 맛이 있다. 예전부터 익숙한 깊은 맛이 나고 살짝 탄력이 있다. 게다가 크기가 좀 작은 편이라 몇 개든 먹을 수 있겠다. 맛을 감상하며 먹고 있는데 청년이 놀란 목소리로 말했다.

"아니, 왜 혼자 다 드셔? 함께 나눠 먹어야지."

"아, 아. 그래? 그런가?"

가라아게쿤은 작은데도 다섯 개밖에 들어 있지 않은지, 포장 용기 안은 벌써 텅 비었다.

"아, 너무 맛있어서 그만……."

내가 솔직하게 이야기하자 청년은 웃으며 대꾸했다.

"타임머신 타고 에도시대에서 온 건 아니지? 그러고 보니 가가노 마사키치란 이름, 아주 옛날 이름 같아."

"설마. 그렇지는 않은데, 편의점엔 별로 가지 않아서."

"아니, 밖에 나가기는 하셔?"

"그래. 일주일에 한 번쯤은."

집에서 일한다고는 해도 쇼핑이나 이발, 관공서와 우체국. 밖에 나갈 기회가 있기는 하다.

"생각보다 자주 나가네. 다른 사람들과 이야기는 해?"

"계산은 카드로 하겠다거나, 착불이라거나. 그런 말은 하지."

"그건 대화가 아니니까."

청년의 지적대로 대화라고 불릴 만한 이야기는 거의 하지 않는다. 이곳에서 살기 시작했을 무렵에는 이래도 괜찮은 걸까 하는 생각이 들기도 했다. 주변 사람들과 단절된 삶이나 다른 사람들과 연결고리가 없는 생활. 그래도 그런 나날이 여러 해 이어지다 보니 아무 불편이 없다는 걸 깨달았다.

집에 틀어박혀 있어도 이상하지 않고, 사람들과 이야기를 나누지 않아도 쓸쓸하거나 힘들지 않다. 몸이나 정신이나 지장이 없다. 그러다 보니 사람들과 이야기 나누는 일이나 밖에 나가는 일도 그냥 내키지 않아 귀찮아졌다.

"사람들과 이야기하지 않아도 소설은 쓸 수 있다니, 대단하네. 혹시 되는대로 아무렇게나 쓰는 건 아니겠지?"

청년은 '마실 거야?'라며 비닐봉지에서 페트병에 든 차를 꺼내면서 말했다.

"책이나 인터넷으로 세상 돌아가는 모습은 알 수 있으니까. 그쯤만 알면 돼."

"가라아게쿤도 몰랐으면서 말은 잘하셔. 밖에 더 자주 나가야 해. 책 백 권을 읽는 것보다 1분이라도 사람들을 만나는 게 열 배는 도움이 된다고 그 사세노 이쿠타로 씨도 말했어."

사세노 이쿠타로? 소설가인가? 평론가나 아니면 무슨 대학교수일까? 이름이 아주 훌륭한 분 같다. 내가 모른다는 건 화가 났지만 물어보았다.

"사세노 이쿠타로는 누구지?"

"사세노 씨, 몰라?"

"응. 그만 까먹은 모양이야."

"내가 일하는 편의점 점장이야. '매뉴얼 읽을 시간에 고객과 마주하라. 그게 열 배 낫다'라고 입버릇처럼 말하지."

그런 거였나? 난 맥이 풀렸다.

"그럼 난 갈게."

청년이 일어섰다.

"어디?"

"스타바. 아, 참, 스타바라테 마셔 본 적 없지? 같이 가자."

·········

청년이 억지로 잡아끌어 버스를 갈아타고 온 역 앞에 있
는 스타벅스. 약간 어두우면서도 차분한 조명에 깔끔하게
정돈된 실내. 6시가 되기 전인 가게 안은 80퍼센트쯤 자리
가 찼고, 주문하는 계산대에도 여러 명이 줄을 서 있었다.
커피는 좋아해 여기 스타벅스가 있다는 사실은 알고 있었
다. 그렇지만 가게 안에 들어온 적은 없다.

계산대에서 주문한다는 시스템에 겁을 먹었다. 자리에
앉아 있으면 점원이 주문을 받아 주고 주문한 것을 가져다
주는 카페와는 달리 직접 움직여야만 해서, 뒤에 다른 사
람이 줄을 서 있으면 편하게 주문할 수 없다. 음료 이름도
까다롭고 꼼꼼한 주문 방법도 잘 모른다. 하지만 여기까
지 왔으니 해 볼 수밖에 없다. 두근거리는 가슴을 안고 차
례가 오기를 기다리며 빨리 주문을 마치려고 메뉴를 확인
했다.

"라테 톨로 둘. 아이스 괜찮지?"

앞에 선 청년이 내 몫까지 주문해 주었다.

"어, 그래."

우물쭈물하는 사이에 커피를 받아든 청년이 '이리, 이리 로'라고 해서 무사히 자리에 앉았다.

"휴……. 왠지 이런 가게는 신경이 쓰여서."

나는 한숨 돌리며 자리에 앉았다.

"괜찮아."

청년이 미소를 지었다.

"스타바에서 스마트하게 주문하는 나는 참 멋지다고 생 각하는 녀석도 있을 테지만, 이런 세련된 매장에 들어오면 갈팡질팡하는 사람도 많아."

"그래?"

"그래. 아저씨만 그런 게 아니야."

"그럼 괜찮은 건가?"

나는 내가 주문하지도 않았는데 마치 한고비 넘긴 기분 을 느끼며 천천히 커피를 마셨다. 처음 온 가게라 애가 탔 던 몸을 아이스커피가 식혀 주었다.

"맛있어?"

"어, 그래."

청년이 물어 고개를 끄덕였다. 내가 미식가는 아니라서 도모가 끓여 준 인스턴트커피와 무슨 차이가 있는지 알 수 없지만, 왠지 향긋하고 부드러우며 깊이가 있는 느낌이 들었다.

"스타바라테쨩에 가라아게쿤에. 오늘은 처음인 것만 계속 드시니 배 속이 놀라지 않으면 좋겠네."

청년은 그러면서 웃더니 창밖으로 눈길을 돌렸다.

창밖으로는 역에서 쏟아져 나오는 사람들이 보인다. 집 안에만 틀어박혀 있는 건 아니고, 이삼 개월에 한 번은 출판사와 의논하느라 전철을 타고 멀리 외출하는 일도 있다. 그렇지만 집 안에서 지내기에 익숙해서인지 일을 마치면 바로 집으로 돌아온다. 글이나 영상을 통해 아는 빤한 풍경도 직접 보면 재미있다. 참고서 같은 걸 읽으며 걷는데도 사람들과 부딪히지 않는 남자 고등학생, 뭐가 그리 우스운지 손뼉을 치면서 웃는 여고생들. 놀라울 만큼 많은 봉투를 안고 걸음을 서두르는 아주머니. 학원에 가는지 책가방을 멘 초등학생 같은 아이가 걸어가는 모습도 보인다.

"다들 바빠 보이네."

이렇게 중얼거리며 시선을 거두었는데, 청년은 여전히 창밖을 보고 있었다.

스타벅스 테이블은 아주 작아 바로 앞에 청년의 얼굴이

있었다. 이렇게 가까이서 누군가와 마주 앉는 게 몇 년 만인가. 출판사와 상의할 때 말고는 다른 이들과 자리를 함께 할 일이 없다. 이럴 때는 무슨 이야기를 해야 할까. 날씨 이야기나 최신 뉴스 이야기? 아니, 바로 앞에 앉아 있는 사람은 아들이니 그런 이야기는 이상할까? 요즘 어떻게 지내는지 묻는 게 부자간의 대화일까? 하지만 청년은 내 아들이지만 처음 보는 사람이나 마찬가지다. 요즘은커녕 여태 어떻게 지내 왔는지 전혀 알지 못한다.

"음, 저어, 너는, 어떻게 지내 왔니?"

내가 간신히 입을 열자 청년은 눈이 휘둥그레졌다.

"어떻게 지내 왔냐고?"

"어, 뭐, 그래. 왜 프리터가 됐지?"

한 달에 한 번 오는 사진과 '10만 엔 받았습니다'라는 글뿐, 아들이 어떻게 지내는지는 적혀 있지 않았다. 교복을 입은 사진을 보고 중학생이 되었다거나 고등학생이 되었다는 걸 겨우 알 수 있었지만, 고등학교 졸업 후 진학했는지 취직했는지, 무얼 하려고 하는지 알 수 없었다.

"내가 어떻게 자랐는지 묻는 거야?"

"아니, 성장 과정이라고나 해야 할까?"

"만약 내가 아주 불행했다면 어쩌려고? 아저씨는 견디기 힘들 텐데."

청년은 그렇게 말하고 어깨를 으쓱해 보였다.

지금까지 아들이 어떻게 사는지 생각해 본 적이 없지는 않았다. 하지만 그건 얼핏 든 생각이었을 뿐이지 진지하게 깊이 생각한 적은 없다. 사진 속 아들은 건강해 보이니 별일 없을 거라고 믿으며 넘어가려고 했다. 그렇지만 미쓰키가 스물두 살에 아기를 낳아 혼자 키워 왔으니 당연히 고생이 많았을 것이다. 이런 간단한 생각마저 진지하게 해 본 적이 없었다.

"아저씨?"

"응?"

"아저씨는 어떻게 자랐어? 난 아저씨가 불행해도 마음이 아프거나 할 일 없으니까 이야기해 줘."

생각에 잠긴 내게 청년이 물었다.

"난 평범해."

"평범하다고? 언제부터 방에 틀어박히게 된 거야?"

"틀어박힌 게 아니라고. 그건 일이야."

"그럼 친구나 부모는? 만나거나 연락해?"

"친구는 별로 없고, 부모님하고도 20년 넘게 연락하지 않았지."

내가 솔직하게 말했다.

"부모하고도 안 만나고 자식하고도 안 만나다니, 철저하네."

청년은 태연히 이렇게 말했다. 비난하는 말투는 아니었다.

아들과 만나지 않게 된 건 내 결정이 아니고, 부모님과는 차츰 서먹해졌을 뿐, 거기에는 내 의지가 담겨 있지 않았다. 그렇지만 청년 눈으로 보면 가장 관계가 깊은 인물들과 멀리 떨어져 살았던 셈이 된다.

"아, 맞다! 이제부터 한 달에 한 번씩 사진 찍어 줄 테니까 부모님 댁에 보내 드리지? 내가 그랬던 것처럼."

청년이 기막힌 아이디어라도 떠오른 듯 손뼉을 쳤다.

"에이. 난 이미 쉰 살이야. 이런 중년 남자 사진이 매달 오면 무서울 거야. 게다가 이미 어른이라서 한 달 뒤나 3년 뒤나 아무런 변화도 없어서 사진이 재미없지."

"그런가? 할아버지, 할머니는 기뻐할 텐데. 하기야 자기 아들이 늙어 가는 과정을 보는 건 내키지 않을지도 모르겠네."

"할아버지?"

너무도 자연스럽게 느껴지는 청년의 말투를 그대로 흉내 내며 물었다.

"아버지의 부모면 할아버지와 할머니 아닌가?"

청년이 말했다. 그 모습에 어렴풋이 내 유전자가 있는 것 같은 느낌이 들기도 하지만 성격은 너무 딴판이다. 이어져 있는 게 핏줄뿐이면 어떤 영향도 미치지 않는 모양이다.

"뭐, 그렇지."

고개를 끄덕이면서 계산대 쪽에서 들려오는 카랑카랑한 목소리 쪽으로 눈길을 돌리니 치마를 줄여 입은 갈색 머리 여고생이 서 있는 모습이 보였다. 고등학생인데 여기서 보기에도 화장이 짙었다.

"요즘 애들은 목소리가 크구나."

여고생은 귀에 거슬리는 큰 목소리로 주위는 아랑곳하지 않고 천천히 주문하고 있었다. 뒤에 늘어선 사람들은 신경도 쓰이지 않는 모양이다.

"으음, 마실 건 카페모카. 사이즈는 보통이니까─, 톨 사이즈로―."

질질 끄는 말꼬리에 나는 미간을 찌푸렸다.

"아, 저 학생은 뒤에 있는 할머니가 어쩔 줄 몰라 하기 때문이야."

청년도 계산대 쪽을 보더니 그렇게 말했다.

"큰 목소리로 저러면 할머니가 놀라시지 않나? 요즘 애들은 정말 못 말리겠구나."

내 말에 청년은 '농담이지?' 하고 미간을 찌푸리며 웃었다.

"아마 저 할머니가 별생각 없이 스타벅스에 들어왔는데, 분위기가 낯설어 어떻게 주문해야 할지 몰라 당황한 모양이야. 그래서 저 여학생이 이런 식으로 주문하면 된다고 알기 쉽게 시범을 보여 주는 거 아닌가?"

"뭐?"

"뭐라니? 그러니까, 저렇게 큰 목소리로 천천히 주문하면 할머니도 그걸 보고 주문 방법을 알게 될 거 아니야?"

저런 터무니없는 차림을 한 여고생이 그렇게 주위를 관찰해 배려한단 말인가? 받아들이기 힘들어하는 내게 청년이 말했다.

"흔한 일이지. 뒤에 당황한 사람이 있으면 저 정도는 누구나 해."

"그래?"

"그럼. 아저씨, 방에만 틀어박혀 길거리를 헤매는 젊은이 이야기만 쓰는 사이에 이런 당연한 것도 모르게 되었구나. 큰일이네."

청년은 키득키득 웃으며 커피를 마셨다.

그의 말처럼 내가 이상한 걸까? 아니, 청년의 저런 낙관적이고 적극적인 사고방식도 흔치는 않을 것이다. 홀어머니 아래서 자랐는데 고생은 한 번도 해 본 적이 없는 걸까? 이 청년은 어떤 인생을 살아온 걸까? 비로소 아들에게 조금 흥미가 생겼다.

5

10월 하순에 접어든 20일. 마감까지는 아직 여유가 있는데 400자 원고지 60매짜리 원고가 마무리되었다. 점심 때가 지나 맑은 햇살이 소파와 테이블에 그림자를 드리웠다. 기분 좋은 날이다. 이메일로 출판사에 원고를 보내고 나는 기지개를 활짝 켰다.

자, 이제 뭘 할까? 최근 몇 년은 예전만큼 일이 밀려들지 않아서 떠안고 있는 연재소설은 한 편뿐이다. 이미 30권 가까이 책을 냈기 때문에 인세만으로도 생활은 충분히 할 수 있다.

읽던 책을 읽을까? 아니, 눈을 좀 쉬게 해 주고 싶다. 한숨만 자도 기분은 한결 나아진다. 지난달에는 무일 했더라? 원고를 보낸 뒤 해방을 맞이한 시간. 녹화해 둔 영화를 보거나 집 안을 치우거나, 뭔가 할 일이 있을 것이다. 그런데 지금은 갑자기 툭 떨어진 것처럼 시간이 나서 뭘 해야 좋을지 머릿속에 떠오르지 않았다.

어쩌면 집에 있을지도 모른다고 생각하며 다이닝룸으로 갔지만 도모는 아르바이트하러 나갔는지 집 안은 쥐 죽은 듯 조용했다. 나 말고 아무도 없으면 집은 이토록 고요한가? 도모는 2층에서 자기 편한 대로 지낼 뿐이라 아무 변화도 없을 거로 생각했는데, 늘 있던 사람이 자리를 비우면 나름대로 영향이 있는 모양이다.

'일단 뭘 좀 먹을까?'

나는 부엌으로 가서 냉장고 문을 열었다. 안에는 치즈와 달걀 그리고 햄. 음식을 만들기는 귀찮다. 선반에는 컵라면과 감자칩, 칼로리메이트가 있지만 다 내키지 않았다. 배가 고프다고 생각하니 그게 너무 먹고 싶어졌다.

적당히 매콤하고 익숙한 안정감이 느껴지는 맛, 식욕을 돋우는 간편함과 저렴함. 전에 먹은 가라아게쿤의 맛과 식감을 떠올리자 당장 먹고 싶어졌다. 도모가 아르바이트를 마치고 사 왔다고 했으니 편의점에 가면 팔 것이다. 버스 정류장 앞에 있는 편의점은 걸어서 10분도 걸리지 않는다. 그렇지만 시간은 오후 2시 조금 전. 이런 평일 낮에 쉰살 먹은 남자가 어슬렁거리면 수상하게 여기지 않을까? 아니, 괜찮다. 지난번 스타벅스에 갔을 때도 뭐라고 하는 사람은 없었다. 도모가 '주위에 신경 쓰는 사람은 아저씨뿐이야'라며 웃었는데, 정말 그랬다. 누구도 내게 신경 쓰지 않았다. 나는 간단하게 옷매무시를 가다듬고 지갑을 주머니에 찔러 넣은 다음 집을 나섰다.

오후 2시 조금 전의 햇볕은 따스하고 밝아 동네 전체가 산뜻해 보였다. 더워서 축축 늘어지던 여름의 나른함도 없고, 갇힌 느낌이 드는 겨울이 오기 전의 쓸쓸함은 아직 없다. 좋은 계절이다. 따스한 오후의 산들바람도 기분 좋다.

찬찬히 둘러본 적이 없었는데, 정원 넓은 집들이 늘어선 3초메에는 여러 종류의 나무가 보였다. 예전부터 있던 집들은 나무가 빽빽하게 자란 정원이 많은데 새로 다시 지은 집은 앙상한 나무 몇 그루만 서 있는 간단한 마당이 많았다. 어느 집이나 다들 잘 손질되어 있다는 생각이 들어 담장 너머를 바라보며 감탄했다. 내 집 마당은 집을 산 뒤 한 번도 손질한 적이 없다. 키 작은 나무가 몇 그루 서 있는데 물도 제대로 주지 않았다. 그래도 말라 죽지 않고 살아 있는 걸 보면 나무의 생명력은 놀랍다.

주택가를 지나 큰길로 나가면 버스 정류장이 나온다. 그러고 보니 도모가 '버스 정류장 앞에 있는 에다모토 씨네 집 강아지, 엄청 귀여워'라고 한 말이 생각났다. 에다모토라는 문패가 걸린 집을 들여다보니 넉살 좋게 생긴 개가 주차장 안 개집 앞에 누워 있는 모습이 보였다.

축 늘어진 중형견이라 귀엽다는 표현은 어울리지 않는다. 도모는 독해력만 아니라 표현력도 부족한 모양이라고 생각하고 있는데, 내 시선을 눈치챈 개가 불쑥 일어나더니 느닷없이 큰 소리로 짖기 시작했다.

이게 뭐야? 사람을 싫어하는 녀석이잖아? 아니, 내가 수상해서 그러나? 어쨌든 저렇게 계속 짖으면 주인이 나올 것이다. 나는 잰걸음으로 그 자리를 벗어났다.

생긴 지 3년쯤밖에 되지 않는 편의점은 작은 점포였지만 깔끔했다. 우편물을 부치러 딱 한 번 들렀던 가게라 살짝 긴장하며 문을 열었다.

"어서 오세요. 어, 아저씨?"

안으로 들어서자마자 도모의 목소리가 들려왔다.

"어떻게 된 거야? 아저씨가 집에서 나오다니, 기적이네."

"아니야, 내가 일주일에 한 번쯤은 나온다고 했잖아."

파란색 줄무늬 제복을 입은 도모는 여느 때보다 산뜻해 보였다. 주택가에 자리 잡은 편의점이라 그런지 점심때가 조금 지난 가게 안에는 아무도 없었다.

"그런데, 웬일이지?"

"그걸 사려고."

"그거?"

"그래, 그 뭐냐, 가라아게쿤이라는 거."

새삼 가라아게에 '쿤'을 붙여 보니 좀 쑥스러웠다. 내가 소곤소곤 말하자 도모는 '그거 입에 맞았구나' 하며 웃었다.

"아, 참. 모처럼 왔으니 점장님과 인사하는 게 낫겠네."

도모가 말했다.

"뭐?"

그냥 물건을 사러 왔을 뿐인데 인사라니 하는 생각에 당황한 나를 무시하고 안쪽을 향해 '점장님!' 하고 소리쳤다. 작기는 해도 점포 하나를 맡은 사람이다. 아르바이트나 사원을 이끄는 관리자이니 틀림없이 훌륭한 사람일 것이다. 인사를 하게 될 줄 알았다면 좀 더 깔끔하게 차려입고 왔을 텐데 하며 후회하는데 안에서 비틀거리는 할아버지 한 분이 나왔다.

"왜 불러?"

"아뇨, 마침 제 아버지가 와서 점장님에게 인사를 드리려고."

도모가 그렇게 말해 나는 머리를 깊숙이 숙였다.

"아아, 이거 반갑습니다. 제가 점장인 사세노입니다."

일흔 살은 너끈히 지났을까? 머리가 벗어진 할아버지는 슬쩍 손을 들어 보였다.

"아, 그 사세노 이쿠타로 점장님이시로군요. 처음 뵙겠습니다."

"예, 제가 '그'인지 '저'인지는 몰라도 사세노 이쿠타로입니다. 아드님이 일을 아주 잘합니다."

아드님. 도모를 가리키는 말이다. 그런데 어떻게 대답해야 하지? 그냥 핏줄만 이어졌을 뿐인 주제에 '제 아들을 잘 부탁합니다'라고 하면 마음에도 없는 소리가 되는 게 아닐까 고민하는데 옆에서 도모가 대답했다.

"아직 만난 지 보름도 되지 않아서 아버지와 아들이라는 말이 잘 나오지 않는 거예요. 아, 분명히 핏줄이 이어진 부자지간이긴 하지만요."

만난 지 보름도 되지 않은 아버지와 아들. 도모는 갓난 아기가 아니라 스물다섯 살이다. 수상한 관계라 놀라는 게 아닐까? 걱정했지만 뜻밖에 사세노 씨는 도모와 나를 바라보며 느긋한 말투로 이야기했다.

"그렇군. 그래서 가까운 사이로 느껴지지 않았군."

"아, 그게, 저어……."

"도모 아버님, 그렇게 난처한 표정 짓지 않아도 돼요. 종종 있는 일인데 뭐. 우리 아버지도 여자를 좋아하셔서 애인을 여럿 두고 사는 바람에 여기저기 자식이 있었죠. 아버지가 한 번도 만난 적 없는 자식도 있지 않을까? 정말 남자들은 못 말린다니까."

사세노 씨가 밝은 목소리로 이렇게 말했다. 덕분에 나는 묘한 부자 관계라며 의심스러워하는 눈길을 받지 않아도 되어 마음이 놓였다. 하지만 애인이라는 말에는 반박하지 않을 수 없었다.

"아뇨, 그게. 전 결혼하지도 않았고, 애인이니 뭐니 하는 관계도 아닙니다. 원래 저는 여자를 밝히는 사람이 아니라……."

내가 변명하는데 도모와 사세노 씨는 마주 보며 웃었다.

"애인도 아닌 여자와 섹스해서 자식이 생겼는데 내내 만나려고 하지도 않은 사람이 착실한 척하면 안 되지."

도모가 이렇게 말하며 웃었다.

"그런 변명을 해 봐야 우리 아버지나 도모 아버님이나 별 차이가 없지."

사세노 씨도 거들며 함께 웃었다.

"아뇨. 제 경우에는 여자를 밝혀서 그렇게 된 게 아니라, 그만 실수랄까……"

"아니, 왜 순정파인 척하는 거야? 나이도 쉰 살이면서 자꾸 그러면 좀 닭살 돋아."

도모가 몸을 부르르 떠는 시늉을 했다. 그러자 사세노 씨가 말했다.

"맞아. 이럴 때는 뭐 '나는 잠깐 스친 여자를 건드린 큰 죄를 저지른 어리석은 남자요' 하는 게 더 깔끔하지."

"아뇨, 그렇지만……"

내가 그토록 못된 짓을 저지른 걸까? 미쓰키는 잠깐 만났을 뿐이고 좋아하지도 않은 여자였으니 스친 여자라고 표현해도 어쩔 수 없을지 모른다. 게다가 결혼도 하지 않은 상대를 임신시킨 일도 사실이고, 아들이 태어났다는 걸 알면서도 만나려고 하지 않고 여태까지 지낸 것도 사실이다. 나는 큰 죄를 지은 놈인 걸까? 아니, 그 지경은 아니리라. 매달 꼬박꼬박 양육비를 보냈으니 모든 책임을 내팽개치고 살아오지는 않았다.

"그게, 저는……."

"알겠어요, 알겠어. 여자를 밝히시는 게 아니라는 걸. 그렇지만 정말 상상력이 떨어지시네. 차라리 여자 문제에 칠칠하지 못한 편이 훨씬 낫지."

사세노 씨는 아직도 변명하려는 내 어깨를 툭툭 두드리며 말했다.

상상력이 떨어진다니. 이게 무슨 소리인가. 명색이 작가인 내겐 치명적인 지적이다. 하지만 사세노 씨가 내 책을 읽고 이야기하는 게 아닐 거로 생각하며 되물었다.

"상상력?"

"그렇다니까요. 이런저런 상황을 떠올려 봐요. 아버지가 실수로 낳았다느니 어쨌다느니 하는 소리를 한다면 나 같으면 삐뚤어지고 말 거요. 아, 난 은행에 환전하러 다녀와야겠네."

사세노 씨는 그렇게 말하더니 가게 안쪽으로 돌아갔다.

"아저씨, 자, 가라아게쿤. 잘못 튀긴 게 아니고 제대로 만들었으니 맛있을 거야. 뭐 어떻게 만들건 가라아게쿤은 맛있으려나?"

도모가 가라아게쿤을 봉투에 넣어 생각에 잠겨 있던 내게 건넸다.

"아, 그래."

"식기 전에 먹는 게 더 맛있어."

"그렇지. 그럼 나 이만 갈게."

"조심해서 가셔."

돈을 내고 가게를 나왔다. 그때 비로소 나는 내가 얼마나 생각이 부족한지 깨닫고 오싹했다. 결국 도모가 잘못 태어난 존재라고 떠든 꼴이 되지 않았는가.

제
2
장

6

"자, 가자. 오늘은 뭔가 알게 되는 날이 될 거야. 이런 생각이 들자 나는 벌떡 일어나지 않을 수 없었다. 어, 아저씨. 일어나셨네?"

"잘 잤니……?"

다이닝룸으로 가니 도모가 커피를 마시면서 또 내 소설을 읽고 있었다.

"내가 쓴 글을 소리 내서 읽지는 말아 줄래?"

"어째서?"

"어째서라니……?"

꾸며 낸 이야기라고는 해도 내 내면을 통해 나온 문장을 새삼 귀로 듣는 건 부끄럽다.

"부끄러워? 이 책 사람들에게 파는 거잖아."

도모는 멋대로 내 속마음을 읽어 내며 웃더니 '그래도 난 이 소설이 제일 좋아'라고 했다.

《너를 알게 되는 날》읽는 거지? 이건 데뷔하자마자 쓴 거라 서툴고 힘도 리얼리티도 떨어질 거야."

《너를 알게 되는 날(君を知る日)》은 학교에 다니던 시절에 상을 받은 작품이 책으로 나올 때 함께 싣기 위해 쓴 소설이다. 생각하지도 못한 원고 청탁이라 서둘러 썼기 때문이기도 하고, 문장도 제대로 다듬지 못했고, 설정도 엉성해 지금 돌이켜보더라도 끔찍할 만큼 형편없는 소설이다. 나는 다시 읽어 본 적이 없다.

"그래? 아무도 죽지 않고, 주인공은 희망에 가득 차 있으며 주위 사람들은 사랑을 간직하고 있어. 난 건전해서 좋다고 생각하는데. '넌 내게 내일이 더 멋지다는 걸 가르쳐 주었어. 오늘은 분명히 너를 알게 되는 날이 될 거야.' 으-음, 상큼하네."

도모는 또 소설 한 구절을 읊조리며 웃었다.

"그만해라. 너무 풋내 나는 소설이야. 아무리 이십 대였다고는 하지만 내가 생각하기에도 어떻게 그런 걸 썼는지 모르겠어. 현실이 그렇게 어수룩할 리 없지."

"적어도 이십 대였던 아저씨가 지금보다 더 세상을 보는 눈이 있는 것 같은데. 뭐, 이 소설은 내 뿌리 같은 면이 있어서 마음에 들어. 아, 아저씨도 커피 마실 거지?"

도모는 책을 치우더니 부엌으로 갔다. 이런 이야기를 좋아하다니, 역시 도모는 국어 실력이 빈약한 모양이다.

《너를 알게 되는 날》은 세간의 혹평을 받았다. 상을 받은 뒤 첫 작품이라 기대가 컸기 때문이기도 하지만 '현실과 동떨어진 소설'이니, '현실 도피한 젊은이의 일기'니, '리얼리티가 전혀 없다'라느니 하는 심한 소리까지 들었다.

"가가노 씨는 이런 이야기를 쓰는 게 어울리지 않아요. 좀 더 인간의 진실한 모습으로 눈길을 돌리세요. 사람이 지닌 추악하고 약한 모습을 적나라하게 그려야 합니다."

담당 편집자가 이렇게 말했다.

"한 번 더 데뷔작 같은 이야기를 써 주세요. 인간의 마음 밑바닥에 있는 걸 도려내는 작품이야말로 가가노 씨가 쓸 이야기예요."

데뷔작이 된 작품은 어느 대학생이 실수로 먹은 약 때문에 자기 내면으로 파고 들어가, 거기서 그때까지 몰랐던 자신의 악의와 자존감을 발견하고는 당황하게 되는 줄거리다. 인간의 깊은 내면을 솔직하게 드러낸 소설이라느니, 젊은이들의 생생한 모습을 적나라하게 그렸다느니 하는 높은 평가를 얻었다.

그렇지만 나로서는 진실이니 인간의 본래 모습이니 하는 이야기를 쓸 생각은 없었다. 약을 먹고 자기 마음속에 들어가게 되었으니 반쯤은 판타지 소설인 셈이었다. 자기 내면이 추악하면 충격적이겠지, 그래도 뜻밖에 이런 기분 나쁜 면도 있구나. 이렇게까지 자의식 과잉이라면 재미있을 거로 생각하면서 썼더니 마냥 즐거웠다.

두 번째 작품인 《너를 알게 되는 날》이 실패한 뒤, 나는 편집자의 의견에 따라 인간이 깊은 곳에 간직한 허약한 부분이나 추잡한 부분, 자기혐오나 자존심, 이런 것들을 들춰내는 소설을 쓰게 되었다. 편집자의 말대로 내게 맞는 분야였는지, 그런 소설을 쓰면 이야기가 물 흐르듯 진행되었고, 독자들의 평가도 좋았다.

"《빛의 뒤편》, 《어둠의 밑바닥에서》, 《저질러진 잘못》. 아저씨가 쓴 소설, 제목만 봐도 피곤해. 이거 전부 호러 소설이야?"

도모는 커피를 내 앞에 내려놓더니 책꽂이에 꽂힌 단행본 제목을 읽으며 물었다.

"호러는 아니고, 인간의 모습을 그린 소설이지."

스타벅스 커피와 차이가 없을 만큼 맛있다. 도모가 끓인 커피를 마시면서 나는 반박했다.

"인간의 모습이라니, 아저씨. 도대체 얼마나 무시무시한 사람들과 교류하는 거야?"

도모가 웃으며 말했다.

"나 이제 아르바이트하러 갔다 올게."

도모는 커다란 종이봉투를 들고 일어섰다.

"어? 오늘은 편의점이 아니니?"

"아아, 이거? 이건 오늘 사세노 점장님 생일이라서. 마사지 기능이 있는 쿠션이야. 툭하면 허리가 쑤신다느니, 다리가 아프다느니 투덜거리거든."

"그렇구나……."

도모는 그 편의점에서 일하기 시작한 지 이제 두 달밖에 되지 않았을 거다. 그런데 벌써 생일까지 챙기다니. 그 영감님과 무척 친하구나. 왠지 마음이 싱숭생숭해졌다.

"이거 받으면 좋아할까?"

도모가 고개를 갸웃거렸다.

"어, 아아, 그렇겠지. 좋아하시지 않을까?"

내가 그렇게 대답하자 도모는 '다행이네' 하며 빙긋 웃고 집을 나갔다.

………

자, 이어서 쓰자. 커피를 다 마시고 나는 서재로 돌아와 컴퓨터를 켰다.

친구들과 시작한 회사가 없어지고, 모아 두었던 돈도 바닥이 났다. 주인공 료스케는 상황을 해결하려고 애쓴다. 당장 급한 집세는 8만 엔, 그 돈을 마련하려고 형과 여동생을 찾아다닌다.

우선 형을 찾아간다. 형은 료스케를 만나 주기는 했지만 혐오감으로 가득한 표정을 지으며 내쫓는다. '경솔하게 사업을 시작한 결과가 이거다'라고 비웃으며 '잘 나갈 때는 연락도 없다가 힘들어지니까 찾아오다니, 이기적인 녀석'이라고 내뱉은 다음 등을 돌린다.

마음에 상처를 입은 료스케는 어렸을 때부터 잘 어울려 놀던 여동생을 찾아간다. 형과 달리 주위에서도 사이좋다는 이야기를 들었던 여동생이다. 돈을 조금은 마련해 줄 거로 생각해 부탁했지만 아이 둘을 키우는 여동생은 그럴 여유가 없다고 거절한다. 자기 생활비를 줄여서까지 오빠를 도울 마음은 없는 듯하다.

형제마저 이러니 지인들 반응도 다 비슷했다. '돈을 빌려줄 수 없다'라며 하나같이 고개를 젓는다.

겨우 8만 엔밖에 안 되는 돈인데 아무도 빌려주지 않는다. 돈 없는 현실보다 그런 사실 때문에 료스케는 절망에 빠진다.

여기까지 쓴 나는 쓴웃음을 지었다.

"아니, 이 친구 주변에는 야박한 사람들뿐이잖아."

인상을 쓰는 도모의 얼굴이 떠올랐다.

그렇지만 요즘 세상에 과연 돈을 빌려주는 사람이 흔할까? 아무리 친한 사이라고 해도, 아무리 마음씨 고운 사람이라고 해도 돈거래는 꺼려지기 마련이다. 돈이 아까운 게 아니라 돈을 빌려준다는 행위에 저항감을 느끼는 사람이 적지 않다.

내 부모라면 과연 어떨까. 사세노 씨가 지적했듯 빈약한 상상력을 동원해 보았다. 연락도 하지 않고 도리를 지키지 못하고 있지만 부탁하면 무리를 해서라도 돈을 마련해 줄 것 같다는 생각도 든다. 아, 너무 나 편하게 생각하는 걸까?

"소설가? 그게 변변한 직업이냐?"

대학 4학년 때 내가 작가로 데뷔하게 되었다고 말씀드리자 아버지는 떨떠름한 표정을 지었다. 나도 주인공과 마찬가지로 인제 와서 무슨 소리냐며 내쫓길지도 모른다.

'잠깐 쉴까?'

생각이 막혀 글이 더는 나오지 않자 나는 부엌으로 갔다.

20대 때부터 하루에 커피를 몇 잔씩 마신다. 블랙커피는 마시지 않고 쉰 살이 된 지금도 우유를 듬뿍 넣는다. 이전에는 냉장고에 있는 우유를 그대로 넣기만 했는데, 요즘은 도모가 시키는 대로 우유를 레인지에 넣어 데운다. 이렇게 해서 탄 커피는 이상하게 맛이 부드럽다.

나는 커피를 마시면서 다이닝룸과 붙어 있는 거실에 있는 커다란 책꽂이 앞에 섰다.

초기 작품부터 쭉 꽂아 놓은 단행본과 문고본. 데뷔작은 옅은 노란색이고 두 번째 작품은 흰색 커버다. 그 뒤로 표지는 검은색이나 짙은 회색, 짙은 남색. 확실히 이런 표지만 보면 호러 소설이 꽂혀 있는 느낌이 들기도 한다. 좀 더 밝은 색으로 표지를 꾸미고 싶지만 소설 내용이 어두우니 어쩔 수 없으려나? 특히 최근 5, 6년 사이에 나온 책은 모두 같은 장정이라 내가 보기에도 지긋지긋하다. 그만큼 엇비슷한 작품들만 내는 셈이다. 5년이라는 세월이 흘러도 나 자신이나 내 작품에는 아무런 변화가 없다는 이야기이리라.

그 애는 어땠을까? 도모에게 최근 5년은 사회에 처음 나와 겪은 중요한 전환기였을 것이다. 나는 책꽂이 맨 아래 칸에 꽂아 둔 도모의 사진을 보관한 파일을 빼내 들었다.

마지막 페이지 사진부터 들여다보았다. 스무 살이 된 6월부터 고등학교 3학년까지 거슬러 올라가도 양복 입은 사진은 없다. 그렇다면 고등학교를 마친 뒤에 진학했거나 바로 프리터가 된 걸까? 고등학교 졸업 후 2년 동안은 늘 찍던 사진이니 찍는다는 느낌인데 앳된 모습은 찾아볼 수 없다. 거의 집 안에서 찍거나 집 앞에서 찍은 사진이었다.

웃어도 포즈를 취하지 않고 자연스러운 표정이라서 이때 어떤 상황이었는지 추측도 할 수 없다.

'10만 엔 받았습니다'만 말고 하다못해 '고등학교를 졸업했습니다'라거나 '지금 취직 준비 중입니다' 같은 말이라도 좀 덧붙였으면 좋았을 텐데.

20년 동안 매달 사진을 찍어 보내는 노력이라면 한마디쯤은 적어 보낼 수 있을 텐데. 아니, 미쓰키는 그런 군더더기 같은 일은 전혀 하지 않으려는 사람이었다. 딱 떨어지지 않는 말투와는 정반대로 칼 같은 미쓰키의 성격을 떠올리며 나는 한숨을 내쉬었다.

고등학교 시절 사진은 집에서 찍은 것뿐 아니라, 학교에서 촬영해 학생들에게 파는 사진을 산 거로 보이는 수학여행이나 학교 축제 사진도 있다. 일단 행사에는 참여했던 모양이다. 하지만 알 수 있는 내용은 그뿐이고, 도모가 어떤 아이였는지는 알 수 없다. 공부는 잘했을까? 친구나 여자 친구는 있었을까? 유니폼을 입은 사진이 있다면 어떤 동아리 활동을 했는지 알 수 있을 텐데. 사진을 넘기며 이런저런 생각을 떠올렸다.

그러고 보니 언제였더라? 흙투성이 체육복을 입고 뛰거

나 목발을 짚고 서 있는 사진이 계속 온 적이 있었다. 도모는 무슨 운동 같은 것을 열심히 하고 있었던 게 틀림없다. 분명히 반소매 차림이었으니 여름이었나? 고등학교 3학년 때가 아니라, 그래, 이거, 이 사진이다. 나는 몇 장을 넘겨 사진 세 장을 찾아냈다.

고등학교 2학년 9월에 보내온 사진은 체육복 앞쪽에 흙이 잔뜩 묻은 채 운동장을 달리는 도모가 찍혀 있었다. 육상, 아니면 야구나 축구일까? 유니폼이 아니라서 알 수 없지만 무슨 운동을 하는 모습이었다. 도모는 지쳐 보이기는 했어도 만족스러운 얼굴이었다. 땀으로 얼룩진 체육복과는 달리 상큼한 표정을 짓고 있었다.

이어서 10월에 보낸 사진은 목발을 짚은 도모가 사진 구석에 서서 운동장을 바라보고 있다. 틀림없이 동아리 활동 중에 다쳤으리라. 중요한 시합에 나갈 수 없게 되어 아쉬워하는 건지, 훈련을 제대로 할 수 없어서 초조한지 도모는 굳은 표정이었다.

그리고 11월에는 팔과 얼굴이 흙투성이가 된 도모의 모습. 상반신을 클로즈업한 장면이라 무얼 하면서 찍었는지 알 수 없지만, 도모는 지저분한 것은 아랑곳하지 않고 뭔가에 열중한 모습이었다.

8년 전에 받은 사진이지만 이 세 장의 사진은 기억이 또렷하다. 사진 자체가 인상적이었기 때문이기도 하지만, 기억에 남은 것은 바로 이 무렵에 내가 아주 좋지 않은 상태였기 때문이다.

8년 전 여름. 내가 쓴 소설이 어느 만화와 비슷하다고 해서 인터넷에서 화제가 되었다.

나는 만화를 보지 않는다. 인터넷도 자료 조사에만 사용하는 정도다. 그런데 그때 담당이었던 편집자가 '더 심각해졌네요' 하며 내게 웹페이지를 몇 가지 보여 주었다.

거기에는 '가가노, 도작(盜作), 표절, 범죄자' 같은 단어들이 보였고, 내가 쓴 소설과 만화의 공통점을 나열한 페이지도 있었다. 당연한 노릇이지만 나는 비슷하다고 지적된 만화를 본 적도 없고, 소설을 쓸 때 어디서 인용하거나 하물며 남의 작품을 훔쳐다 쓸 생각은 해 본 적이 없었다.

주인공의 애인이 예전에 자기가 괴롭히던 상대의 여동생이라는 설정을 한 만화가 내 작품과 같다고 주장했다. 하지만 결말도 다르고 작품 속 에피소드도 다르다. 비슷한 에피소드가 여러 개 있는 건가? 이렇게 생각했는데 인터넷상에서는 비난이 수그러들지 않았다.

"너무 신경 쓸 일 아니에요. 인터넷은 보지 않는 편이 낫죠."

편집자는 그렇게 말했지만 나는 사실을 알고 싶어 내 이야기를 하는 사이트를 찾아 훑어보았다.

비슷하다는 작품뿐만 아니라 내 예전 작품과 비슷한 만화를 찾아 널리 알린다는 사이트. 소설가가 되기 전에 내가 한 행동과 발언이 적혀 있는 사이트. 단순히 내 소설이 재미없다며 험담만 늘어놓는 사이트. 인터넷에는 놀랄 만큼 내 정보가 넘쳐났다. 거기에는 읽기만 해도 이 지구상에서 사라져 버리고 싶어지는 말들이 적혀 있었다.

나는 같은 반이었는데, 가가노는 초등학교 때부터 혼자 책을 읽으며 다른 학생들과 어울리지 않아 기분 나빴어!

고등학교 때 난 한 학년 아래였는데 암만 생각해도 남의 작품을 훔칠 것 같이 생겼었지.

가가노의 작품을 모두 읽었는데 전부 쓰레기. 형편없는 작가야.

또 도작 발견! 데뷔작의 주인공, 이 만화 주인공과 똑같다! 가가노,
데뷔부터 범죄자임이 확인!

　다들 얼굴이 드러나지 않는 인터넷이라고 제멋대로 떠
들 뿐이다. 이렇게 마음을 추스르는 날도 있었다. 그리고
이렇게 많은 사람이 나를 싫어한다. 내가 아는 사람이 쓴
걸로 보이는 게시물도 있다. 나는 형편없는 인간일지도 모
른다. 이런 생각에 잠겨 우울한 날도 있었다. 비판 글을 여
러 개 읽다 보면 차츰 스스로 깨닫지 못하는 사이에 내가
정말로 남의 작품을 훔쳤을지도 모르겠다는 생각마저 들
었다. 어쩌면 지금 쓰는 이 문장도 다른 사람의 작품과 비
슷할지도 모른다. 이 등장인물이나 이 설정도 이미 어느
작품에 나온 걸지도 모른다. 이런 생각이 들자 두려워서
글이 써지지 않았다.
　마감도 지키지 못해 그저 인터넷을 들여다보기만 하는
나날이 이어졌다. 과연 이런 글들을 읽고 참을 수 있는 사
람이 있을까? 보지 않는 게 낫다고 생각하면서도 내가 모
르는 데서 욕을 먹는 것도 두려워 확인하지 않고서는 견딜
수 없었다.

그 무렵 도모가 지저분해진 체육복을 입고 뛰는 사진이 왔다. 그 사진을 보며 이렇게 생각했다. 젊음이란 좋은 거구나. 실수하고 넘어져도 다시 일어나 이렇게 뛸 수 있으니.

마감을 두 번 어기고 '일단 잠시 연재를 쉬기로 하죠'라는 편집자의 통고를 받은 달에는 목발을 짚은 도모의 사진이 도착했다.

다쳤나? 침착하지 못하고 덜렁거릴 때도 있구나.

도모의 측은한 모습을 보며 비록 만난 적은 없어도 자식이라 어딘가 연결되는 부분이 있는 모양이라고 생각하지 않을 수 없었다.

소문은 오래가지 않는다는 말이 사실이었다. 차츰 내가 남의 작품을 훔쳤다는 인터넷상의 목소리는 줄어들었다. 다만 아직도 남아서 올리는 글은 지독한 반감을 품은 사람이기 때문인지 과격한 표현이 두드러졌다.

가가노, 그런 소설밖에 쓰지 못하면 죽는 게 나을 텐데.

요즘 연재가 중단된 모양인데, 혹시 죽은 걸까? 그렇다면 다행.

본 적도 없는 사람인데 죽기를 바라는 글을 보자 모든 걸 내던져 버리고 싶어지기도 했다. 왜 나는 소설 같은 걸 쓰는 걸까. 소설 따위는 없어도 살아가는 데 아무 지장 없다. 그런 것 때문에 나는 죽으라는 소리를 듣는다. 글을 그만 써야 하는 게 아닐까?

바로 그때 흙투성이가 된 도모의 사진이 도착했다. 코와 뺨, 이마까지 흙이 묻은 도모를 보며 이렇게까지 흙이 묻어야 하는 건가 하는 생각에 웃고 말았다. 흙이 묻은 얼굴은 아랑곳하지 않고 도모는 무심하게 뭔가를 바라보고 있다. 힘든 것 같지도 않고 괴로워 보이지도 않은, 태연한 표정이었다. 흙은 씻으면 지워진다. 그래서 열정과 집중에는 그늘이 지지 않는다. 사진 속 얼굴은 그걸 또렷하게 드러내고 있었다.

비난과 비방으로 더럽혀진 것은 무엇일까? 욕을 먹어 상처 입는 것은 무엇일까? 기껏해야 평판과 명성이다. 나 자신은 전혀 더럽혀지지 않았다.

3개월이나 글을 쓰지 않았다. 손이 근질근질했다. 나는 소설을 쓰고 싶었다. 칭찬받고 인정받기 위해서가 아니라 그냥 쓰고 싶었다. 그래서 단숨에 소설을 써냈다.

그 소설이 《무너져 가는 것》이다.

사소한 문제로 단골 환자에게 원한을 산 의사가 나쁜 소문에 휩쓸려 병원 문을 닫을 지경에 몰린다. 나쁜 소문은 금방 퍼지고, 그러는 가운데 여러 사람에게 온갖 소리를 다 듣게 된다. 의사는 어떻게든 다시 일어서려고 기를 쓰고 일한다. 노인 왕진에 의료 상담. 번거로운 일도 무료로 받아들였다. 그래도 분위기는 바뀌지 않은 채 3년이 지난 어느 날, 한 소년이 찾아온다.

"사실은 여기가 가장 좋은 병원이라고 아버지가 말했죠. 내 병을 선생님은 낫게 해 줄 거라면서."

소년은 나쁜 소문을 퍼뜨린 환자의 아들이었다.

"아저씨, 불 좀 켜요. 어두컴컴한 방에서 자기 소설을 읽느라 정신이 없네. 무서워."

어느새 책에 빠져들었던 모양이다. 불쑥 들려온 목소리에 고개를 드니 도모가 서 있었다.

"어? 그래, 퇴근했구나."

정신을 차리고 시계를 보았다. 6시가 지난 시각이었다. 점심때 조금 지나서부터 4시간 가까이 여기 있었다.

"제목이 《무너져 가는 것》? 그 이야기 마지막이 이해되지 않던데. 남자애 병이 나아 해피엔딩이었으면 좋았을 텐데."

"아, 그렇지"

도모의 말처럼 처음에는 남자아이의 병을 고쳐 지역에서 명예를 되찾을 것 같은 장면에서 이야기를 끝냈다. 제목도 《빛은 이 손에》였다. 그런데 편집자가 '실제로 이렇게 일이 잘 풀리지는 않잖아요? 적당히 마무리하는 건 피하시죠'라고 했다. 그래서 고쳐 쓴 작품이었다.

"결국 남자애나 의사 선생님이나 환자나 모두 불쌍해. 현실이라면 이런 식으로 끝나지는 않을 거 아니야? 아저씨, 아무리 소설이라고 해도 너무 내키는 대로 쓰잖아."

도모는 그렇게 말하더니 소파에 털썩 앉았다.

"그런가……? 그런데 너 생각보다 내 소설 많이 읽었구나."

"그야 당연하지. 난 매달 사진을 보냈는데 아저씨는 돈만 보냈잖아? 그러니 책을 읽는 수밖에 없지."

"그런가……? 어라? 오늘 사세노 씨 쉬는 날이었니?"

"어째서?"

"어째서라니, 그거."

나는 도모의 발치에 놓인 종이봉투를 가리켰다. 아침에 가지고 나갔던 그 봉투다.

"아, 이거? 이건 아저씨 거."

도모는 빙긋 웃더니 봉투를 내게 내밀었다.

"나? 뭐야?"

"아침에 가지고 나간 것과 똑같은 마사지 기능이 있는 쿠션."

"어째서?"

"어째서라니? 아저씨, 내가 사세노 씨 생일 선물 들고 나가는 모습을 섭섭하다는 표정으로 바라보았잖아? 이런 쿠션을 무척 갖고 싶은 모양이라는 생각이 들어서 퇴근길에 같은 걸 샀어."

"섭섭하다니, 그게 무슨 소리야?"

그런 표정을 지은 기억은 없다. 게다가 종일 컴퓨터 자판을 두드리기는 하지만 몸이 결리지도 않는다.

"난 갖고 싶다는 말 한 적 없어."

내가 쿠션을 갖고 싶어 하는 듯 보였다니, 뜻밖이다. 내가 이렇게 말하자 도모는 카드를 내밀었다.

"그럼 이건가?"

"그건 또 뭐니?"

"생일 카드. 사세노 씨 생일 축하 선물이라니까 나도 축하한다는 말 듣고 싶다는 표정을 지었잖아? 인터넷에서 검색했더니 아저씨 생일은 8월이던데. 이미 지나기는 했지만."

흰색의 심플한 카드를 펼치자 '생일 축하합니다'라고 적혀 있었다.

"난 투정 부리는 어린애가 아니야. 쿠션을 갖고 싶지도 않고 생일 축하도 받을 생각 없어."

"알아, 알아. 그렇게 애쓰지 않아도 둘 다 줄 거야. 그보다 가라아게쿤 먹자. 아직 따뜻하니까."

도모는 테이블 위에 가라아게 꾸러미를 꺼내 놓더니 '차우려 올게'라며 부엌으로 갔다.

대체 이게 뭔가? 선물이니 카드니 하며 생일도 아닌데, 종잡을 수 없는 녀석이다. 게다가 나는 이미 쉰 살이다. 생일 같은 건 최근 몇 년 동안 챙겨 본 적이 없다. 축하받고 싶다고 생각한 적도 없고, 내가 다른 사람의 생일을 축하하는 일도 없다.

아무리 그래도 그렇지. 한두 마디 적을 수는 없었던 걸까? 이런 면은 미쓰키와 똑같다. 나는 '생일 축하합니다'라고만 적혀 있는 카드를 몇 번이고 들여다보았다.

7

"아저씨, 일어나!"

일요일 아침, 침실 문을 마구 두드리더니 도모가 들어왔다.

"뭐니? 왜 그래?"

시계를 보니 여덟 시가 조금 지났다. 도둑이라도 들어왔나 싶어 나는 후다닥 몸을 일으켰다.

"왜냐니, 오늘은 가을 축제가 열리는 날이잖아?"

"가을 축제?"

나는 고개를 갸웃거렸다.

"그래. 3초메 어린이회 가을 축제. 아저씨는 고마운 헌책시장 담당이잖아. 준비해야지."

"으음……. 그게 뭔데?"

느닷없이 낯선 단어를 듣자 나는 당황했다.

"회람판, 그거, 지난주에 왔잖아……?"

자치회에 들었기 때문에 최근 3주도 되지 않는 사이에 두 차례쯤 회람판이 왔다. 그렇지만 노인회 알림이나 사회 복지협의회 활동 보고 등 나하고는 관계가 없는 일들만 적힌 프린트가 몇 장 끼여 있을 뿐이라서 제대로 읽지 않고 넘겼다. 이웃집에는 도모가 전달하는 걸로 알아 그걸로 그만이라고 생각했다.

"거기 가을 축제 역할 분담 설명이 있었잖아? 인원수가 부족해서 협조 부탁한다고 적혀 있기에 헌책 시장 담당자로 아저씨 이름을 적어 넣었어."

"아……, 헌책 시장……."

"어쨌든 옷 갈아입어! 설명은 초등학교로 가는 길에 할 테니까. 이 지역은 노인이 많아서 다들 오픈 시간보다 일찍 오실 거야."

도모가 재촉하는 바람에 뭐가 뭔지도 모른 채로 준비를 했다. 나는 가을 축제에 가기 위해 터벅터벅 걸음을 옮기는 꼴이 되었다.

"초등학교가 이렇게 멀어?"

집 앞으로 난 완만한 언덕길로 나가 북쪽으로 향했다. 그 뒤에는 도모를 따라 몇 차례 길을 꺾으며 언덕 위를 향해 계속 걸었다. 아직 아홉 시가 되기 전이라 햇볕에 겨울이 살짝 묻었는지 썰렁하고 차가웠다.

"멀다고? 아저씨, 제일 가까운 초등학교 위치도 몰라?"

"난 다른 지역에서 초등학교를 나왔고, 이 동네 초등학교는 어디쯤인지 알아도 내 나이에 그 학교에 갈 일은 없잖아."

"선거는?"

"뭐?"

"투표 말이야. 아저씨 집이라면 초등학교 체육관이 투표소였을 거 아니야?"

도모가 바삐 걸으며 묻기에 나는 작은 목소리로 대답했다.

"아니, 투표하러 가지 않아."

"가지 않는다고? 정말?"

도모의 목소리가 커졌다. 하지만 투표하러 가지 않는 사람은 한둘이 아니다.

"선거는 중요하다고 생각하지만 내가 한 표 던져 봤자

그게……."

"그런 사람들이 있어서 안 되는 거야. 일본 사람 1억 3000만 명이 모두 그렇게 생각하면 어떻게 되겠어? 선거는 권리이면서 의무야."

도모의 말을 듣고 나는 눈이 휘둥그레졌다.

"너 보기보다 사회파[9]로구나."

"사회파라니, 너무 거창하지. 난 프리터건 히키코모리[10]건 의무는 다해야 하는 게 당연하다고 생각해. 아, 사카이 시 씨, 안녕하세요?"

도모가 앞서 걷던 할머니에게 말을 걸었다. 70세가 조금 지났을까? 흰머리를 묶고 기품있게 차려입은 여성이었다.

"어머, 안녕하세요?"

할머니는 걸음을 멈추더니 고개를 숙여 인사했다.

"이거 헌책 시장에 가지고 가는 책이로군요. 제가 들게요."

도모는 할머니가 들고 있던 종이봉투 쪽으로 손을 뻗었다.

---

9   사회 문제의 해결에 큰 관심을 보이는 스타일을 가리킨다.
10   정신적인 어려움이나 사회생활에 대한 스트레스 따위로 인하여 사회적인 교류나 활동을
     거부한 채 집 안에만 있는 사람.

"애고, 고마워. 정리했더니 필요 없는 책이 꽤 나오네."

"맞아요. 책이란 게 한 번만 읽고 나면 그만인 게 많죠. 팔려면 번거롭고 버리자니 왠지 내키지 않고."

"맞아. 헌책 시장이 있어서 다행이야."

할머니는 그렇게 말하며 방글방글 웃었다.

"그럼 저희는 준비할 게 있어서 좀 먼저 갈게요."

"아, 그래."

나는 도모를 따라 고개를 숙이며 할머니 옆을 지나갔다.

"사카이시 씨라니, 누구야?"

내가 작은 목소리로 도모에게 물었다.

"아저씨, 제발. 선거권만 포기한 게 아니라 가장 가까이에 사는 리더도 모른다는 거야? 사카이시 씨는 5반 반장. 이야기가 나온 김에 이야기해 두겠는데, 3초메 자치회는 아홉 개 반으로 나뉘어 있고, 아저씬 5반 소속이야."

"아하……."

"아하라니. 아저씨, 내가 없으면 어떻게 살아갈 거야?"

도모는 어처구니없다는 듯이 고개를 설레설레 저었다. '그러게'라며 고개를 끄덕이려던 나는 고개를 가로저었다.

억지로 자치회에 가입되어 당황했을 뿐이지 이곳으로

이사 온 뒤 20년 동안 이웃과의 만남이나 지역 활동과는 인연이 없었다. 그렇다고 해서 살기에 곤란했던 적은 한 번도 없다.

"아, 참. 아저씨, 어차피 회람판 읽지 않았을 테니까 고마운 헌책 시장이 하는 일의 내용을 이야기해 둘게. 자치회 사람들이 필요 없어진 책을 가지고 올 건데, 그걸 받아 진열하는 거야. 그리고 책이 필요한 사람은 자유롭게 가져가게 되어 있으니 책을 건네드리면 돼. 돈은 주고받지 않으니 간단하지? 평상시와 마찬가지로 그냥 책 앞에 멍하니 서 있기만 하면 되는 거야. 이상."

초등학교가 보이기 시작하자 도모는 간단하게 내가 할 일을 설명했다.

"보초 같은 건가?"

"책은 무료로 가지고 가니까 보초라기보다는 사람들이 편하게 마음에 드는 책을 고를 수 있도록 도와드리기만 하면 돼."

도모는 별일 아니라는 듯이 말했다. 그렇지만 손님을 접하는 일을 해 본 적이 없는 내가 그런 일을 제대로 해낼 수 있을까?

"그리고 나는 요요 낚시 담당이야. 만약 이 일이 마음에 든다면 바꿔 줄게."

도모의 말을 듣고 나는 단호하게 고개를 저었다. 요요 낚시에 몰려들 손님은 틀림없이 어린이들이다. 아이들을 줄 세우고 규칙을 설명하는 건 정말이지 내겐 무리다.

도모와 이야기하는 사이에 초등학교 교문이 눈에 들어왔다. 돌로 꾸민 교문은 중후하기는 한데 무척 낡았다. 일요일이기 때문인지 교실 쪽은 조용해 평소 학교처럼 시끌벅적하지는 않았다.

"지금은 이 주변도 고령화가 진행되어 전교생이 200명도 안 된대. 쓰지 않는 교실도 많아서 왠지 썰렁해 보이지."

"아하……, 확실히 좀 쓸쓸한 느낌이 드는구나."

운동장에 있는 놀이 기구와 교실 쪽으로 이어지는 복도에는 녹이 슬거나 금이 간 부분도 보였다. 그런데 도모는 집에 온 지 한 달도 되지 않았다. 어떻게 초등학교 위치며 반장 이름, 게다가 학생 수까지. 어떻게 그런 것들을 알게 되었을까?

"넌 이 동네를 잘 아는구나."

"3초메에는 이야기하기 좋아하는 사람이 많아서 그래. 잠깐 산책하다 보면 다들 여러 가지를 알려 주거든. 아니, 오히려 자기 집 바로 옆에 있는 초등학교에 대해 이렇게 모른 채 사는 게 더 이상하지. 눈을 가리고, 귀를 막고 살았다고 해도 이렇게 모를까? 아, 저기가 체육관이야."

이미 사람이 모여들고 있어 나는 도모와 함께 서둘러 체육관으로 들어갔다. 입구에는 '어린이회 가을 축제'라고 손으로 쓴 간판이 서 있고, 신발을 신고 들어갈 수 있도록 체육관 바닥에는 시트가 깔려 있었다.

옅은 녹색 시트에 커튼. 농구 골대, 무대 옆에 걸린 나무에 새긴 교가. '여느 학교와 같은 모습이구나' 하며 내가 다녔던 초등학교를 떠올렸다.

"저쪽이 헌책 시장 담당. 난 저쪽에서 요요 낚시 준비를 할게."

오래간만에 보는 초등학교 체육관을 둘러보던 내게 도모는 사카이시 씨가 들고 있던 종이봉투를 떠안기더니 주변 사람들과 인사를 나누며 체육관 한가운데로 걸어갔다.

"그럼 나중에 보자……"

나도 일단 골판지 상자가 몇 개 놓여 있는 공간으로 터덜터덜 이동했다. 체육관 입구 바로 옆 한 모퉁이가 헌책 시장 자리인 모양이다. 달력 뒷면을 이용한 종이에 '책을 자유롭게 두고 가세요', '마음에 드는 책을 자유롭게 가져 가세요'라고 적혀 있었다. 필요 없는 책을 골판지 상자에 진열하고, 거기서 갖고 싶은 책을 가져가는 시스템인 듯하다. 이미 몇 사람이 책을 갖다 놓은 모양이다. 골판지 상자 안에는 책이 몇 권 담겨 있었다.

이 상자 앞에 서 있기만 하면 되는 거로구나. 아니면 '책 가져가세요'라고 말을 걸어야 하는 걸까? 아직 체육관 안에는 관계자가 대부분이고 헌책 시장에는 아무도 관심을 보이지 않았다. 내가 주위를 살피면서 서 있는데 머리카락이 하얗기는 하지만 허리가 꼿꼿하고 체격이 좋은 할아버지 한 분이 다가왔다.

"미안해요, 늦어서."

"아뇨, 뭐…….."

"그러니까, 맞아. 가가노 씨죠? 잘 부탁해요."

할아버지는 그렇게 말하며 인사하더니 '영차' 하고 체육 관 구석에 있던 종이봉투를 옮기기 시작했다. 어제까지 들어온 책을 보관해 두었던 모양이다.

"아, 그런가? 이걸 골판지 상자에 옮기는 거로군요."

멍하니 서 있을 때가 아니다. 나도 할아버지를 따라 봉투 안의 책을 골판지 상자 안으로 옮기기 시작했다.

"에구, 고맙소. 아, 사람들 눈에 잘 띄어야 하니까 제목이 적힌 책등이 보이도록 꽂아요."

"아, 그렇군요."

짐을 꾸리는 게 아니기 때문에 당연히 보기 좋게 늘어놓는다.

할아버지가 종이봉투에서 능숙하게 책을 꺼냈다. 나는 서둘러 골판지 상자에 책을 꽂았다. 이렇게 간단한 작업을 하는데도 땀이 촉촉하게 났으니 운동 부족이 심각하다.

"젊은 사람이 와 주어 다행일세."

할아버지는 상자에 책을 다 진열하더니 그렇게 말하며 바닥에 앉았다.

"아뇨, 저는 젊지 않습니다만……."

나도 상자 앞에 앉았다. 체육관 바닥은 싸늘했다.

"주위를 둘러봐요. 이 주변에는 거의 일흔 살 넘은 노인들뿐이지. 지난번 방재훈련[11] 때도 이 체육관에 모였는데

11　자연 현상에 의한 재해를 방지하고 대비하기 위하여 실시하는 훈련.

시험 삼아 대피소를 만들어 보았거든. 그런데 반나절 이상 걸리더군. 우리 노인네들은 행동이 굼떠서."

이렇게 말하며 할아버지는 웃었다.

"그렇군요. 저어, 올해 연세가 어떻게 되세요?"

"난 일흔여덟. 아, 내 소개를 하지 않았군. 자치회 방재위원 리더인 모리카와라고 하오."

"일흔여덟?"

할아버지의 말을 듣고 나는 그만 소리를 지르고 말았다.

덩치가 좋아서 그런지, 동작이 시원시원해서 그런지 예순 살쯤으로 보였다. 게다가 여든이 다 된 양반이 방재위원 리더를 맡고 있다니.

"방재위원이시면 일이 힘들겠네요……."

"힘들고말고. 나이가 드니 목소리도 잠겨서 훈련 때 지시해도 다들 알아듣기 힘든 모양이더군. 아, 방범위원 리더인 야마가미 씨는 나보다 나이가 많거든. 방범 활동 때문에 저녁에 위원 몇 명과 함께 지역을 순찰하는데 다들 노인네다 보니 모르는 사람들은 늙은이들이 거리를 배회하는 거로 착각한다는 게야."

모리카와 씨가 밝게 웃었다.

방범에 방재. 그런 위원이 이 작은 지역에 있다는 사실에도, 위원 일을 노인들이 맡고 있다는 사실에도 놀라지 않을 수 없었다.

　"왠지 죄송하네요……."

　모든 일을 나이 든 분들에게 떠맡기고 있다는 생각이 들어서 나는 살짝 고개를 숙였다.

　"젊은 사람이 이런 자리에 나와 준 것만 해도 충분해요. 젊을 때는 다들 자기 일 때문에 바쁠 테니까."

　"아뇨, 뭐 저는 젊지도 않습니다. 대단한 일을 하는 것도 아니고……."

　쉰 살에 집에서 컴퓨터 자판이나 두드리는 일. 젊지도 않고 하는 일도 대수롭지 않다. 그리고 내가 일흔 살이 되었을 때 지역사회를 위해 일하는 모습은 도무지 상상되지 않았다.

　"하하하. 대단한 일 하는 사람이 흔하지는 않아요. 방재 훈련 때는 댁의 도모 군이 중간에 나와 주었기 때문에 뒷정리할 때 큰 도움이 되었다오."

　"도모 군?"

　'댁의 도모 군', 불쑥 나타난 도모를 가리킨다는 걸 깨닫기까지는 시간이 걸렸다.

"그래요. 도모 군. 무척 익숙해 보이던데, 방재 관련 일을
한 적이라도 있나?"

도모가 현재 편의점에서 사세노 점장 밑에서 일한다는
사실은 안다. 하지만 전에 무얼 했는지, 어떤 공부를 하고
어떤 뜻을 품고 있었는지는 전혀 모른다.

"글쎄요…… 제가 잘 몰라서……."

아들에 대해 모른다고 하면 이상하게 여길까? 내가 모
호하게 고개를 갸웃거리자 모리카와 씨가 칭찬했다.

"겸손하시기는. 일 잘하는 착한 아들인데. 부럽소."

10시가 다 되었을 무렵부터 체육관 안에는 사람이 늘어
났다. 입구 부근에 고마운 헌책 시장, 그 맞은편에 지역 주
민이 키운 채소를 파는 공간, 그리고 요요 낚시, 슈퍼볼 건
지기[12], 고리 던지기 같은 어린이를 위한 게임이 있을 뿐,
체육관은 휑했다.

도모는 무얼 하고 있을까? 요요 낚시 쪽으로 눈길을 돌
리니 어린이들과 어울려 즐거운 듯 웃고 있는 모습이 보
였다.

12 탄력이 매우 뛰어난 장난감 고무 공을 물에 담아 건지는 놀이.

"얘들아, 줄 서─. 한 줄, 두 줄. 순서대로. 새치기는 안 돼. 그래, 그래. 잘했어."

도모는 계속해서 단호하게 어린이들에게 지시를 내렸다. 저 녀석 일 처리를 잘하는구나. 정말 나하고는 정반대다. 유전자만으로는 공통점이 이어지지 않는 걸까?

멍하니 바라보고 있는데 책을 품에 안은 어느 할아버지가 '이봐요' 하고 말을 걸었다.

"아, 예."

"이거 필요 없는 책. 가지고 오면 된다고 회람판에 적혀 있던데 어떻게 하면 되나?"

"아, 그거요? 음, 이 골판지 상자 안에 넣어 주세요."

"뭐요?"

"책을 골판지 상자 안에……."

내가 무슨 이상한 말을 한 걸까? 의아해하는 할아버지에게 다시 설명하려고 했다.

"엥? 뭐라고?"

할아버지가 큰 소리로 물으며 얼굴을 찌푸렸다. 이렇게 큰 목소리를 내는 사람과 대화하기는 처음이었다. 무슨 불쾌한 일이라도 있는 걸까? 아니면 낯선 사람인 내가 여기 있어서 불신감이 생겨 그런 걸까? 어설프게 대응하면 할아버지가 더 화를 내실 것 같다. 어쩌면 좋지? 내가 허둥대고 있는데 옆에 있던 할머니와 이야기를 나누던 모리카와 씨가 도움의 손길을 내밀었다.

"아, 예예."

할아버지는 모리카와 씨의 말을 듣고 이해한 모양이었다. '영차' 하며 책을 상자 안에 조심스럽게 내려놓았다.

"가가노 씨는 목소리가 작아서. 내 쉰 목소리도 알아듣기 힘들기는 하겠지만."

"미안합니다."

내가 사과했다.

"혹시 목 상태가 좋지 않아요?"

모리카와 씨가 걱정스러운 표정을 지었다.

"아뇨. 그렇지는 않은데요."

목이나 몸이나 상태가 나쁘지는 않다. 평소 사람들과 이야기할 일이 거의 없기 때문이다. 편집자와 의논할 때도 레스토랑이나 카페에서 하는 경우가 대부분이라 목소리를 높일 일도 없다. 그것도 몇 달에 한 번이다. 사람들과 대화할 일이 없어지면 화제가 궁해지지는 않을까 걱정했는데, 적절한 음량조차 파악하지 못한다면 걱정 정도로는 끝나지 않을 심각한 문제다. 나는 어깨를 축 늘어뜨리며 솔직하게 말했다.

"몸은 아주 건강합니다……. 다만 평소 사람들과 이야기를 나눌 일이 없는 일을 하고 있어서."

"호오, 무슨 일을 하는데?"

모리카와 씨가 물었다. 나는 '그게, 저어, 소설을 씁니다……'라고 대답했다. 소설가란 직업은 자격증도 없고 회사에 소속되어 있지도 않다. 내 멋대로 '나는 소설가요' 하는 기분이 들어 어깨가 움츠러들었다.

"오오, 대단하시네."

"아뇨…… 뭐."

소설가는 보기 드물지 몰라도 대단한 일은 아니다. 모리카와 씨가 놀라니 점점 더 몸 둘 바를 모르겠다.

"어떤 이야기를 쓰시나? 시대소설? 아니면, 서스펜스 같은 건가?"

"뭐랄까, 기본적인 이야기를 씁니다."

"기본적인 거?"

"사람은 무엇을 위해 사는가 하는 것 같은 이야기를

쓰죠."

내 말에 모리카와 씨는 '엄청 훌륭한 이야기를 쓰시는 군' 하고 호쾌하게 웃었다.

산다는 게 뭘까? 인간이란 무엇인가? 나는 어떤 인간일까? 쓰는 방법과 이야기 내용은 달라도 소설의 밑바닥에 흐르는 것은 그런 것이 아닐까?

"무엇을 위해 사는가라니. 시간 여유가 아주 많은 사람이나 그런 고민을 하지. 그런데 그런 이야기가 재미있소?"

"아뇨……."

"아, 미안. 미안해요. 내가 실례했군. 늙으면 이렇게 눈치가 없어져서 큰일이야. 뭐 곧 몸이 따뜻해지면 목소리도 잘 나올 거요."

모리카와 씨는 그렇게 말하며 내 어깨를 다독여 주었다.

그 뒤로는 모리카와 씨의 이야기를 들으면서 사람들이 가지고 온 책을 진열하고, 멈춰 선 사람에게 책을 가지고 가라고 말을 걸기도 하다 보니 2시간쯤 지났다.

가져온 책은 사전과 가이드북, 고전에 요즘 문고본까지 다양했다. 반면 가져가는 책들은 요리책과 에세이, 연애소설, 추리소설 등 읽기 편한 책들뿐이었다.

"나이가 들면 어려운 책은 읽지 않게 되지."

"맞아, 맞아. 등장인물이 많으면 누가 누군지 까먹거든."

할아버지들은 이렇게 말하며 얇은 책이나 재미있을 것 같은 표지의 책을 가져갔다.

"틈이 날 때 조금씩 읽을 수 있는 책이어야 해."

아주머니들은 그렇게 말하며 제목부터 경쾌한 느낌이 드는 책을 가져갔다.

공짜여도 어둡고 긴 이야기는 다들 피하는 걸까?

"남은 책은 어떻게 하나요?"

"폐품 수거 업체에 팔아 어린이회 활동비로 쓰지."

모리카와 씨가 대답했다.

남은 책은 대부분 검은색이나 짙은 남색, 회색 같은 어두운 책등을 지녔다. 내 작품 스타일과 비슷하다고 평가받는 작가의 소설도 몇 권 보였다. 내 책이 여기 섞여 있었더라도 틀림없이 마찬가지였을 것이다. 아무도 들고 가지 않았으리라. 나 같은 사람에게 인생이나 인간의 진실에 관한 이야기를 듣지 않더라도 여기 있는 노인들은 이미 잘 안다.

"슬슬 마무리할까?"

12시가 가까워지자 사람도 줄었다. 체육관에 있는 가게는 오전 중에 끝나고, 그다음에는 어린이들이 신여(神輿)[13]를 메고 3초메를 행진한다고 한다.

"아, 정리요?"

"그래요. 체육관을 원래 모습대로 되돌려 놓아야 하니까."

모리카와 씨는 그렇게 말하더니 골판지 상자를 체육관 구석 쪽으로 치우기 시작했다.

나도 뭔가 거들어야 한다. 하지만 내가 골판지 상자를 옮기려 하기도 전에 모리카와 씨가 움직였다. 그래서 다른 물건이라도 치우려고 주위를 둘러보는데 '실례, 시트 정리를 해야 하네'라며 다른 할아버지가 내 발아래 깔린 시트를 둘둘 말기 시작했다. 그런가? 이 시트는 말아서 창고에 넣는구나. 사람들을 따라 시트를 치우려고 했지만 이미 다른 사람이 걷어 내는 중이라 내가 손을 댈 시트는 없었다. 노인이 대부분인데 다들 이야기를 나누면서도 동작이 빨라 멍하니 서 있는 건 나뿐이었다. 으음, 그럼 무얼 해야 할까……? 쉰 살이나 먹어서도 이럴 때 어떻게 움직여야 하

---

13 제사나 축제 때 신을 모시는 가마. 일본어로는 '미코시' 또는 '신요'라고 발음한다.

는지 알지 못하고, 무얼 해야 할지 찾지도 못한다. 내가 보기에도 한심하다는 생각이 든다.

"자, 이거. 시트를 치웠으니 걸레질을 해야지."

내가 두리번거리고 있자 도모가 커다란 자루걸레를 가지고 왔다.

"아, 그래. 다들 뒤처리에 익숙하구나."

"대개 분위기를 파악해 어떻게 해야 좋을지 아는 걸 테지."

도모는 어깨를 으쓱하며 웃었다.

"그런가……?"

"아저씨를 보고 있으면 바깥세상과 단절하면 생기는 폐해를 잘 알 수 있어."

"난 별로 단절 같은 건 하지 않았고, 종종 밖에 나갔고, 가끔…….."

내가 변명하는데 도모는 어떤 아주머니가 말을 걸어 그분과 이야기를 나누기 시작했다. 주위를 보니 다들 작업하면서도 즐거운 듯 대화를 나누고 있다. 웃음소리와 밝은 목소리가 체육관에 울려 퍼졌다.

20년이나 살아온 동네인데 나는 여기 사는 분들 얼굴도 모른다. 혼자 일하며 혼자 산다. 이런 생활이 외롭다고 생각한 적도 없고 전혀 고독하지도 않다. 다만 이런 상황에서 아무도 말을 걸어 주지 않고, 이야기할 상대도 없어 혼자 서 있으면 나만 뒤에 남겨진 느낌이 든다. 내가 사는 동네 사람들이 아무도 나와 이야기하려고 하지 않는다는 사실을 깨달은 듯해 왠지 기분이 뒤숭숭했다.

뭐 상관없다. 지역 활동을 열심히 할 것도 아니고, 혼자 일하는 생활에도 변함이 없다. 마음이 뒤숭숭하지만 이건 잠깐이다. 지금은 체육관을 깨끗이 치우면 그만이다. 나는 묵묵히 자루걸레로 바닥을 닦았다.

8

10월 마지막 월요일. 가을도 중반으로 접어들자 하루하루가 빨리 가는 느낌이 들었다. 오늘은 편집자와 약속이 잡혀 있다. 점심때가 조금 지나서 옷을 갈아입고 현관으로 가는데 거실에서 텔레비전을 보던 도모가 내 뒤를 따라 나오며 말했다.

"무슨 일이야?"

"무슨 일이냐니, 왜?"

"왜? 양복 입었잖아."

"늘 입잖아."

평소 집에 있을 때는 편한 옷차림이다. 게다가 소설을 쓸 때 주변에 무늬가 있으면 집중을 할 수 없어서 검정이나 회색 민무늬 옷이 많다. 그렇다고 해서 잠옷 차림으로 지낸다거나 아무렇게나 입는다는 이야기는 아니다. 오늘은 사람을 만날 약속이 있어 조금 깔끔하게 차려입었을 뿐이다.

"다른 사람들처럼 단정하게 입었으니 그러지. 어디 가?"

이렇게 묻는 도모는 T셔츠에 스웨트팬츠를 걸쳤다. 잠옷처럼 입는 옷인데도 주위 사람에게 불쾌감을 주지 않으니 젊은 사람의 특권일지도 모른다.

"새로 내 담당자가 된 편집자와 다음 작품에 관해 의논하려고 역 앞 카페에서 만나기로 했어."

"아하, 작가는 그런 일도 하는구나. 그냥 집에만 콕 틀어박혀 컴퓨터 자판만 두드릴 수는 없는 모양이네."

도모에게서 '고생하네. 뭐, 기운 내서'라는 격려의 말을 듣고 왠지 기분이 찜찜해져 나는 머리를 긁적였다.

"아, 그래. 어, 넌? 오늘도 편의점?"

"오늘은 휴무. 왜? 갑자기 아들에게 관심을 보이고?"

"아니, 그냥 물어본 거야."

"뭐, 그렇겠지. 그럼 조심해서 잘 다녀오셔."

도모는 현관에서 그렇게 말하며 손을 흔들었다.

누가 나를 배웅해 주는 일은 도모가 온 뒤부터다. 본가에서 나와 혼자 살아왔기 때문에 '다녀오겠습니다'라거나 '다녀왔습니다'라는 인사는 30년 이상 해 본 적이 없는 말이었다.

'다녀올게'라고 할까 생각했지만 익숙하지 않은 말이기 때문인지 잘 나오지 않았다. 나는 '그래, 그럼'이라고만 하고 집을 나섰다.

역 앞 카페에 들어서니 안쪽 자리에서 20대 후반쯤으로 보이는 남성이 나를 발견하고 바로 '가가노 선생님' 하고 불렀다.

"가타하라라고 합니다. 드디어 가가노 선생님 담당이 되었네요. 저는 선생님 작품은 모두 읽었고 외우는 문장도 많을 정도거든요. 주인공뿐만 아니라 선생님 작품의 등장인물을 모두 좋아합니다. 다들 인간다워서."

가타하라라는 편집자는 내가 자리에 앉자마자 눈을 반짝이며 이렇게 말했다.

"이번 연재가 끝나면 다음 작품도 저희 쪽에 써 주실 거죠? 다음 작품은 어떻게 하실 건가요? 와아, 가가노 선생님과 책을 만들 수 있다니 가슴이 설레네요."

그러면서 인사도 하는 둥 마는 둥 메모부터 하기 시작하는 편집자를 보니 왠지 가슴이 두근거리기 시작했다. 요즘은 어느 출판사나 오래 알고 지낸 편집자뿐이라 새로운 사람을 만나는 일은 없었다. 그런데 이렇게 기대해 주는 담당 편집자와 작품을 만들 수 있다니. 어떻게 할까, 무얼 쓸까? 오래간만에 마음 깊숙한 곳에서 흥분이 느껴졌다.

"지금 쓰고 싶으신 게 있나요? 마음에 두고 계신 이야기라거나."

가타하라는 내 몫으로도 커피를 주문하더니 바로 본론에 들어갔다.

"글쎄, 뭐라고 해야 하나?"

"여태까지와는 다른 느낌이 좋겠습니다. 좀 적극적인 작품으로 하시죠."

"아아."

"선생님 작품의 주인공은 요즘 30대, 40대가 많았으니 다음 작품은 학생으로 하면 어떨까요?"

"으음, 글쎄."

"선생님, 요즘 젊은이들의 말이나 행동을 보면 어떤 생각이 드세요? 젊은이가 주인공이라면 어떤 이야기를 하실 수 있을 것 같습니까?"

가타하라가 계속 질문을 하자 나도 궁리해 보았다.

"젊은이…… 아르바이트하는 청년이라거나……."

"좋죠. 프리터. 뭔가 즉흥적이고 될 대로 되라는 식으로 살아가는."

"아아. 그런 청년이 아르바이트하는 곳의 노인 점장과…… 뭐랄까, 차츰 친해져 간다거나."

사세노 씨와 도모 같은 조합은 재미있지 않을까? 그런 두 사람이라면 아주 평범한 일상을 그리기만 해도 이야기가 될 것 같았다.

"차츰 친해져 가는?"

"생일을 축하해 주기도 하고, 어디 함께 외출하기도 하고, 같이 일하는 동료라는 테두리를 조금씩 넘어서는 이야기 같은 건 어떨까요?"

"예……."

가타하라는 조금 전까지 몰아치던 기세는 어디 갔는지 난처한 표정을 지었다.

"생활 환경과 연령대가 다른 사람들끼리 일이라는 울타리 안에서 함께 지내며 거리를 좁혀 가는 과정이 흥미로울 것 같은데."

내가 설명을 덧붙이자 가타하라의 미간은 점점 좁아졌다.

"그런데 그다음에 어떻게 되는 거죠? 점장이 청년의 실수로 세상을 떠난다거나, 운영이 어려워지거나 하는 건가요?"

"아니……. 그런 큰 사건은 일어나지 않고."

"글쎄요. 지금까지 나온 선생님 작품 스타일과 너무 다르지 않은가요? 저는 아직 담당이 된 지 며칠 되지 않아 잘 모르는 부분도 있을 테지만 솔직하게 말씀드리면 그 이야기가 재미있을까요?"

조심스러워도 그는 확실하게 자기 의견을 밝혔다. 아마 그리 좋은 아이디어는 아닌 모양이다.

"다른 건 없습니까? 더 친근한 소재로."

"친근한 소재……. 그렇다면 지역 활동에 초점을 맞춘다거나 하면 어떨까요? 거창하지 않은 동네 축제라거나."

"좋지 않아요, 선생님."

가타하라가 살짝 웃었다.

"그건 소재만 들어도 깊이가 부족하다는 느낌이 들어요.

마음 따스해지는 인간적인 교류라거나 다 모여서 뭔가를 이루어 낸다거나 하는 이야기는 아무래도 빤하다고나 할까, 좀 가벼운 느낌이 드네요."

"아, 그렇군요……."

"그보다 더 가가노 선생님다운, 선생님이 정말로 쓰고 싶은 작품으로 하시죠."

"나다운 이야기라."

"그래요. 독자에 영합하지 말죠. 억지로 마음이 따스해지는 소설을 쓰실 필요는 없어요. 인간은 추악한 존재잖아요? 그런 사실을 외면하지 않고 현실을 그리는 게 소설가의 역할이기도 하다고 생각합니다."

가타하라는 그렇게 말하더니 커피잔을 들어 입에 댔다.

"산다는 게 뭘까. 그 문제를 파헤치다 보면 어둠을 건드리지 않을 수 없으니까요."

"그런가?"

나도 커피를 마시려다가 우유를 넣지 않았다는 사실을 깨달았다. 블랙커피는 마실 수 없고 크리머는 좋아하지 않는다. 어쩔 수 없이 물을 마시자 가타하라가 프린트물 몇 장을 테이블 위에 꺼내 놓았다.

"요즘 젊은이들은 다른 사람에게 인정받고 싶은 욕구와 어울리고 싶은 마음은 굴뚝같은데 현실에서 대인관계를 맺으려고는 하지 않는 것 같습니다. 그러면서도 참을성은 부족한 것 같고요."

"아아……."

인터넷을 검색해서 몇 장 프린트한 것일까? 인쇄물에는 젊은이들에 관한 분석이 적혀 있었다.

"요즘 젊은이는 매뉴얼 그대로밖에 할 줄 모르죠. 거기서 벗어났을 때 젊은이는 무엇을 깨닫는가, 자신이 얼마나 무능한지 깨달은 젊은이는 어떻게 행동하는가. 그런 이야기를 쓰는 것도 의미가 있다고 생각하는데요."

아직 20대로 보이는 가타하라가 하는 젊은이에 관한 이야기를 나는 멍하니 듣고 있었다. 요즘 젊은이라니, 대체 누구 이야기를 하는 걸까? 이 프린트에 거창하게 적혀 있는 결과는 어떤 대상을 분석해 정리한 것일까? '적극성이 없다', '유약하다', '자신감이 없다'. 테이블 위에 놓인 프린트물에 적혀 있는 특징. 당장 내가 아는 유일한 젊은이 도모는 어디에도 해당하지 않는다. 이런 데이터를 아무리 읽어 봐야 누구 이야기인지 알 수가 없다.

"평론이나 분석을 많이 읽기보다 1분이라도 좋으니 사람들을 직접 만나 이야기를 나누라고 분명히 사세노 이쿠타로 씨가 말했지."

내가 혼잣말처럼 중얼거리자 가타하라가 고개를 크게 끄덕였다.

"그렇죠. 대학생이나 프리터, 그런 사람들을 인터뷰할 기회를 마련할게요. 그들이 지닌 어둠을 파고들어 가 보죠."

"아, 괜찮아. 됐어요."

"왜요? 요즘 젊은 사람들 가운데 자기 자신에 관해 이야기하고 싶어 하는 친구들이 많아서 취재 대상은 얼마든지 찾아낼 수 있을 거예요."

"됐어요. 그런 젊은이는 내 가까이에 있으니까."

처음 보는 낯선 젊은이와 이야기하다니, 말도 안 된다. 게다가 다른 사람의 어둠 따위는 건드리고 싶지도 않다. 나는 바로 거절했다.

"그러세요? 그럼 일단 신작은 이 방향으로 가시죠. 고뇌하는 젊은이가 많으니 공감을 얻을 수 있겠죠. 새로운 독자를 확보할 수도 있을 겁니다."

방향성이 결정되자 가타하라는 만족스러운 듯 미소 지었다.

"아, 그런가?"

안타깝게도 다음 소설 장정 또한 검은색이나 회색. 또 어두운색이 될 것 같다.

미팅은 한 시간쯤 지나 끝났다. 카페 앞에서 가타하라와 헤어지자 나는 버스 정류장 방향으로 걸었다.

"인간의 어둠을 그린 소설이라……."

가타하라가 한 말을 떠올리자 마음이 무거워졌다.

나쓰메 소세키, 다자이 오사무. 10대 시절에 푹 빠져 읽은 소설들은 아름다움과 추함은 물론 인간의 깊은 밑바닥에 있는 것들과 삶의 진실을 내게 보여 주었다. 현대에도 살아간다는 게 무엇인지 이야기하는 훌륭한 소설은 많다. 인간 생명의 강인함과 추악함, 본연의 모습을 그리려는 작품은 재미있다. 그런데 내가 그런 소설을 써야 할 사람일까?

"다른 사람들에게 내 아들이라고 하려면 적어도 남들 앞에서 아저씨라고 부르는 건 좀……."

가을 축제를 마치고 집으로 돌아오는 길에 도모에게 이렇게 말했다. 주변 사람들은 도모가 내 아들인 줄 안다. 그런데도 도모는 당당하게 아저씨라고 부른다. 사람들이 대체 어떤 관계인지 이상하게 여길 게 틀림없다.

"엥? 설마, 아버지라고 부르라는 거야?"

도모가 멍한 표정을 지었다.

"아, 그건 좀 아닌 것 같기도 하지만……."

"그렇겠지. 우린 핏줄로만 이어졌을 뿐인걸. 돈은 좀 받았어도 아저씨가 한 일은 섹스일 뿐이야. 그런데 아버지처럼 대하라는 건 억지지."

도모는 이렇게 말하며 웃었다.

인간이란 무엇인가, 삶이란 무엇인가, 이런 거창한 문제를 탐구하기 전에 내가 아버지라고 할 수 있는 걸까, 아들이란 무엇일까, 이런 쪽에 관심을 기울이는 게 먼저여야 할 것 같다는 생각도 들었다.

버스 정류장에서 시간표를 확인하니 출퇴근 시간이 아니기 때문인지 30분 넘게 버스가 오지 않는다. 도모는 집에 있을까? 모처럼 역까지 나왔으니 뭘 좀 사서 돌아갈까? 그런 생각을 하다가 나는 어른이 된 뒤로 선물이란 걸 산 적이 없다는 사실을 깨달았다. 중학교 수학여행 때 부모님에게 드리려고 산 선물이 마지막이었다.

역시 먹을 것이 낫겠다고 생각해 나는 역 앞 쇼핑센터 지하로 걸음을 옮겼다. 양과자와 화과자, 반찬, 도시락. 갖가지 음식을 파는 상점이 늘어섰다. 평일 낮인데 사람들이 많았다.

나는 음식을 늘어놓은 진열장 안을 살피면서 가게 안을 걸었다. 슈크림, 쇼트케이크, 젤리. 화려한 것도 있고 맛있게 보이는 것도 많지만 뭐가 좋을지 모르겠다. 다른 사람이 먹는 모습을 상상하며 산 적이 없어서 쉽게 결정할 수 없다.

대체 도모는 무얼 좋아할까? 내 집에 처음 나타났을 때는 콩 다이후쿠를 들고 왔다. 자주 사 들고 오니 편의점 가라아게쿤도 좋아하리라. 내친김에 커피도 끓이면 맛있겠다. 콩 다이후쿠는 달콤하고, 가라아게쿤은 매콤하고, 커피는 쌉쌀하다. 세 가지의 공통점은 무엇일까? 좋아하는 걸 추측하기는 추리소설을 구상하기보다 어렵다.

고민하며 걸음을 옮기다가 화과자 가게가 쭉 늘어선 구역에 이르렀다. 케이크보다 산뜻해서 좋지 않을까 하며 진열장을 들여다보며 걷던 나는 자그마한 콩 다이후쿠가 있는 가게 앞에서 걸음이 멎었다. 말차 다이후쿠, 콩 다이후쿠, 밤 다이후쿠, 엥?

"카페오레 다이후쿠?"

이런 게 있다니. 나는 무심코 중얼거리고 말았다.

"이 커피 맛 다이후쿠가 인기가 많습니다. 안에 팥앙금과 커피 크림이 들어 있어서 맛있죠."

내가 중얼거리는 소리를 듣더니 점원이 바로 말을 건넸다.

커피를 넣은 떡이라니, 그런 이상한 떡도 있었나?

"다이후쿠는 살짝 짠맛이 나고 그리 달지 않아 남성분이라도 한입에 편히 드실 수 있을 거예요."

콩 다이후쿠, 가라아게쿤, 커피가 지닌 특징을 조금씩 모아 놓은 것 같은 상품이 있다니.

"그럼 이거. 이걸 주세요. 2인분."

"아, 두 개 드리면 될까요?"

"아, 예."

카페오레 다이후쿠. 서양과 일본이 융합된 획기적인 화과자다. 이거 대단한 걸 발견했다. 도모가 틀림없이 깜짝 놀랄 것이다. 나는 두근거리는 가슴을 안고 종이봉투를 받아들자 서둘러 집으로 돌아갔다.

"아, 커피 한잔 끓여 줄래?"

내가 다이닝룸으로 들어가며 말했다.

"지금 와? 뭐가 그렇게 급해?"

도모가 눈썹을 찌푸렸다 말했다.

"아, 참. 손 씻는 동안 차 준비해 줘. 내가 다이후쿠 사 왔으니까."

"그렇구나, 알았어."

나는 얼른 손을 씻고 양치를 마친 다음 종이봉투에서 다이후쿠를 꺼냈다. 빵 접시에는 어울리지 않겠다는 생각이 들어 검은색 작은 접시를 꺼냈다.

"어? 이 다이후쿠 색깔이 이상하네."

도모가 차를 테이블에 내려놓으며 말했다.

"안에 뭐가 들었을 것 같니?"

"모르겠는데. 뭐야?"

"아니야, 지금 말하면 재미없지. 어서 먹어 봐."

"뭐 이런 이상한 걸 사 왔어?"

"이상해? 어쨌든 먹자. 자, 어서 앉아."

"뭐야? 무척 흥분했어. 사실은 다이후쿠를 많이 좋아하셨던 거네."

도모는 참지 못하고 웃음을 터뜨렸다.

"아니야, 그런 건 아니고."

안에 커피가 들었다는 걸 알면 도모는 어떤 반응을 보일까? 그 모습을 상상하니 가만히 있을 수 없었다.

"잘 먹을게. 어, 뭐야? 그렇게 빤히 바라보지 말아 줘."

"아, 아니야."

나는 차를 마시면서 도모가 다이후쿠를 먹기를 기다렸다. 도모는 두 손을 모아 잘 먹겠다는 인사를 하고 나서 오른손으로 다이후쿠를 집어 들더니 한 입 베어 물었다.

"어?"

"어때? 맛이 어때?"

"어, 뭐지, 이 맛?"

도모는 고개를 갸웃거리며 한 입 더 먹었다.

"아, 알았다. 이거 커피잖아."

"그래, 맞아."

나도 한 입 먹어 보았다. 커피보다 생크림 맛이 강하다.

조금 베어 먹어서는 무슨 맛인지 알 수 없다.

"오, 익숙해지면 맛있겠네."

"오오, 그래?"

처음에는 시큰둥한 반응이라 시무룩했는데 도모가 맛있다는 표정을 지어 마음이 놓였다.

"처음 먹을 때는 '이게 뭐지' 하는 느낌이었는데 다이후쿠 맛이 깔끔하니까 크림이라도 먹기 편하네."

"커피의 쓴맛도 기막힌 악센트가 되고. 음, 맛있지?"

도모는 다이후쿠를 다 먹더니 차를 꿀꺽 마셨다.

"그래. 커피와 다이후쿠를 함께 먹을 수 있다니, 대단하지."

"그렇네."

"게다가 다이후쿠는 짭짤한 맛이 나서 단것을 잘 먹지 못하는 사람도 먹기 편하지."

"그래. 그런데 이 다이후쿠를 아저씨가 발명한 거야?"

"아니, 그렇지는 않아."

"그럼, 왜 그렇게 커피 다이후쿠 이야기를 하는 거지?"

"아니야, 그냥 뭐……."

그저 쇼핑센터에서 파는 걸 보고 사 왔을 뿐이다. 그렇지만 도모가 맛있다는 표정을 짓는 걸 보니 왠지 으쓱한 기분이 들었다.

"소설은 그렇게 어두운데 다이후쿠 하나로 이렇게 들뜨다니, 알고 보니 성격이 낙천적이고 밝네."

도모는 '그래, 다행이지'라며 미소 지었다.

"아냐, 뭐. 아, 참. 넌 오늘 쉬면서 뭐 했니?"

의기양양해서 다이후쿠를 사 왔다고 생각할까 부끄러워 나는 화제를 돌렸다.

"요즘 계속 야근해서 깜빡깜빡 졸거나 빈둥거리는 사이에 시간이 다 지나갔네."

"그래? 좀 쉬어야 몸이 견디지."

도모는 고개를 끄덕이면서 의아하다는 눈으로 나를 바라보았다.

"그런데 괜찮으셔?"

"괜찮은데, 왜?"

"갑자기 커피 다이후쿠를 사 들고 와서 생색을 내는가 싶더니 다음에는 내게 관심을 보이네. 내가 온 지 3주일쯤 지났는데 아저씨가 나에 대해 뭔가 알고 싶어 한 건 처음이잖아?"

"그런가?"

스타벅스에서 그동안 어떻게 살았는지 물어보려다가 얼버무렸을 뿐, 도모에 관해 물어본 적이 없다. 아들이 어떻게 살아왔는지, 무슨 생각을 하고 나를 어떻게 생각하는지. 나에 대해 미쓰키가 얼마나 이야기해 주었는지. 또 여기 온 목적이 따로 있지 않은지. 그런 것들을 알고 싶지 않은 건 아니다. 그냥 왠지 묻기 힘들었고, 계속 언급하지 않고 지냈다. 친아들에게 진심으로 다가가려고 하지 않는 내가 이상한 놈일지도 모른다. 사실은 질문을 잔뜩 던져야 하는 게 아닐까?

"뭐, 애쓰지 않아도 자연스럽게 알게 될 때를 기다리면 돼. 정말로 중요한 일이라면 그 전에 이야기할 테고."

"아, 그래. 그렇겠구나……. 어라? 그런데 넌 어떻게 내가 무슨 생각을 하는지 알지?"

내 생각을 들여다보고 한 듯한 말을 듣고 깜짝 놀라자 도모는 키득키득 웃었다.

"집에만 틀어박혀 있지 않으면 다른 사람들도 그런 정도는 대부분 알아차려."

"그래?"

"그럼, 그렇지. 시험 삼아 지금 아저씨가 알고 싶어 하는 게 뭔지 맞춰 볼까?"

"어, 그래."

내가 알고 싶은 것. 그게 뭘까. 나 자신도 짐작이 가지 않는다.

"내가 좋아하는 건 가린토[14]. 또는 아게다시도후[15]."

"아하……."

도모가 좋아하는 음식을 알고 싶었나 하며 나는 고개를 갸웃거렸다.

"좋아하는 것만 알아두면 다음에 선물 살 때 고민할 일은 없을 거야. 이런 이상야릇한 과자, 별로 좋아하지 않아."

도모가 이렇게 말하며 어깨를 으쓱해 보였다.

---

14   밀가루를 되게 반죽해 대충 잘라 튀긴 뒤 설탕이나 깨 등을 뿌린 우리나라의 '맛동산'과 비슷하게 생긴 과자.
15   두부를 잘라 감자 전분이나 옥수수 전분을 살짝 뿌려 옅은 갈색이 될 때까지 튀긴 뒤 육수에 간장 등을 넣고 끓인 국물에 잘게 썬 파, 간 무, 가쓰오부시 등을 뿌려 먹는 음식.

제
3
장

스토리텔러

서점대상 수상작(2019년)

...고 바통은 넘겨졌다

...이코 지음 | 권일영 옮김
480쪽 | 값 15,000원

피가 섞이지 않은 부모들 사이에서 릴레이 경주의 바통처럼 넘겨지며 네 번이나 이름이 바뀐 한 소녀의 성장 서사. 1인 가족, 한 부모 가족, 다문화 가족, 재혼 가족 등 다양한 가족 형태가 공존하는 오늘날 가족...구엇인지, 부모의 역할은 무엇인지를 생각하게 하...풀이다. 2021년 일본에서 영화화, 문고판 베스...1위.

나오키상 수상 작가 모리 에토의 성장소설

클래스메이트 1학기, 2학기

모리 에토 지음 | 권일영 옮김
양장본 | 1학기 248쪽, 2학기 272쪽 | 각권 12,000원

중학교 1학년 한 반의 1년간을 클래스메이트 24명의 시점으로 릴레이하듯 이어간 연작소설. 그들 방식으로 고민과 문제들을 풀어나가면서 자기 인생의 주인공으로 성장하는 모습을 경쾌하고 때론 진지하게, 따스한 시선으로 풀어낸다.

유럽·아시아의 30개국 출간 베스트셀러

...리스 하트의 잃어버린 꽃

...랜드 지음 | 김난령 옮김 | 534쪽 | 값 16,000원

운명에 굴하지 않는 여성들의 우정과 회복력, 가족애와 사랑을 이국적인 호주 자생 야생화의 꽃말로 그려낸 장편소설. 인고의 삶을 사는 여인 5대의 대하드라마이자 운명의 굴레를 벗어던지고 자신만의 이...를 만들어 가는 여성 주인공의 극적인 성장 서사...019년 오스트레일리아 출판상 '올해의 소설상'...아마존 프라임에서 7부작 드라마로 제작.

'처음 만나는' 아버지와 아들의 '부자 재탄생' 프로젝트

걸작을 가직

세오 마이코 지음 | 권일영 옮김 | 양장본 268쪽 | 값 14,000원

히키코모리 작가에게 태어나서 한 번도 만난 적 없는 스물다섯 살 아들이 불쑥 찾아온다. 아버지는 양육비로 다달이 10만 엔을 보내고 어머니는 아들 사진 한 장을 보내는 것이 유일한 연결고리였던 두 사람. "당분간 여기서 지내게 해 줘"라는 말에 초면의 아들과 함께 살게 된다. 한 핏줄이라는 사실 말고는 무엇으로도 이어지지 않았던 두 사람은 진정한 가족이 될 수 있을까?

...점에서 판매중 | 스토리텔러 발행

우리 인생의 영원한 테마, 고전문학에서 길을 찾다!

주제별로 엮은 세계 문호들의 중·단편소설 선집 — 테마 명작

- 고전 명작 가운데 각권의 주제에 맞는 작품을 언어권 별로 전문 번역가들이 새롭게 번역.
- 같은 주제이지만 시대적·공간적 배경과 사연, 그리고 접근 방식과 해결 방안이 서로 다른 작품들을 비교하며 읽는 재미를 제공.
- 오래전 작품이지만 지금 우리가 경험하고 있는 듯한 느낌을 주면서 독자의 공감을 이끌어내는 고전 명작 독서의 참맛을 체험.

1권 사랑

의자 고치는 여자·모파상 | 숯쟁이의 연기·에미 스이인 | 개를 데리고 다니는 부인·체호프 | 실수의 비극·헨리 제임스 | 이녹 아든·테니슨 | 아샤·투르게네프

2권 가족

인생유전·오 헨리 | 배냇점·슐로호 버지에게 드리는 편지·카프카 | 내 아들에게·아리시마 다케오 | 형제·루 잎 진 벚나무 너머로 들려오는 이◯ 파람·다자이 오사무 | 할아버지 아◯와 론카·고리키 | 쩔르 삼촌·모파상

3권 사회적 약자

가엾은 리자·카람진 | 역참지기·푸시킨 | 외투·고골 | 가난한 사람들·도스토옙스키 | 관리의 죽음·체호프

4권 결혼

열두 번째 결혼·서머싯 몸 | 고집쟁가씨·하이제 | 가을·아쿠타가와 류◯| 혼례식의 조종 소리·호손 | 아내◯서라면·토머스 하디 | 첫눈·모파상스러운 여인·체호프 | 죽은 자는 말◯다·슈니츨러

5권 성적 욕망

악마·톨스토이 | 범죄 안에 깃든 행복·바르베 도르비 | 피는 물보다 진하다·세르반테스 | 가죽 벨트·모라비아

6권 돈

리츠 호텔만 한 다이아몬드·피츠제벨다인 부자의 돈·슈니츨러 | 프로◯씨·도스토옙스키 | 백만 파운드 지◯웨인 | 승마·모파상 | 데카메론·보카◯

7권 죽음

클라라 밀리치·투르게네프 | 어린라 로크·모파상 | 사냥꾼 그라쿠스·카프카 | 킬리만자로의 눈·헤밍웨이 | 가든파티·맨스필드 | 여름꽃·하라 다미키 | 고독한 사람·루쉰

각권 232~344쪽
각권 11,000원, 12,000원

9

올겨울은 추울 거라는 기상예보 그대로 11월에 들어서자 뼈가 시릴 듯 추웠다. 가을이 눈 깜빡할 사이에 지나가고, 한 해의 끝이 조금씩 느껴지는 시기가 다가왔다. 그래봤자 20년 넘게 똑같은 하루하루를 보내니 한 해가 끝나건 말건, 새해가 시작되건 말건 달라질 게 없다.

컴퓨터를 켜고 소설을 이어서 쓴다. 마감은 28일. 아직 20일 넘게 남았지만 적어도 스토리를 전개해 두고 싶었다.

이달에 쓰는 내용은 돈을 구하지 못한 주인공 료스케의 다음 행동이었다.

넋이 나간 료스케가 어떻게 움직일지, 쉽게 상상이 되지 않았다. 이 이야기는 내년 1월까지 연재되니 앞으로 2회

남았다. 결말은 이미 머릿속에 생각해 두었다. 료스케가 자기 생애를 마감했다는 걸 알게 된 부모와 형제, 친구들이 후회한다. '이토록 힘든 상황이었다면 8만 엔을 빌려줄 걸 그랬네', '8만 엔이면 목숨을 구할 수 있었던 거로구나'라고. 그런 이런저런 말들로 이야기를 끝맺을 작정이다.

아무리 그래도 료스케는 기껏해야 8만 엔도 빌리지 못할 만큼 인망을 얻지 못했던 걸까? 내가 쓰는 이야기인데도 의문이 든다. 친척이나 친구가 몇 명만 있는 사람이라도 그만한 금액은 어디서든 빌릴 수 있을 것이다. 아니, 8만 엔을 구하지 못한 까닭은 료스케의 인간성 때문만이 아니라 그 필요성을 제대로 전달하지 못했던 것 또한 요인이다. 그때 료스케에게 8만 엔은 발등에 떨어진 불이었다. 그런 긴박함을 호소할 능력이 부족했기 때문에 구할 수 없었다. 8만 엔……. 마음이 편해지기 위한 돈으로는 너무 적은 걸까? 도대체 사람은 얼마나 있어야 살아갈 수 있을까?

"한 달에 10만 엔으로 키울 수 있는 건 아무것도 없지 않아? 강아지나 고양이도 키우기 힘들 거야. 아, 앵무새도 그렇고 말이야."

내가 매달 보냈던 도모의 양육비는 월 10만 엔. 20년 동안 2400만 엔을 보낸 셈이다. 적지는 않은 금액이라고 생각하는데, 도모는 이렇게 말했다.

나는 어린아이를 키워 본 적이 없을 뿐만 아니라 금붕어나 햄스터도 길러 본 적이 없다. 어른이 되어 버린 나는 돈이 그리 많이 들지 않지만 사람이나 살아 있는 생명체가 성장하게 되면 어떻게 될까? 필요한 금액을 짐작하기 힘들다. 그런 걸 생각하면 '상상력이 떨어진다', 사세노 씨가 했던 말이 불쑥 머릿속에 떠올랐다.

"아, 한마디 쓸 거야?"

글이 풀리지 않아 머리를 쥐어뜯고 있을 때 문을 살짝 두드리는 소리가 나더니 대답도 하기 전에 도모가 들어왔다.

"쓰다니, 뭘?"

"이거 말이야. 카드."

도모는 연한 분홍색 꽃이 잔뜩 그려진 카드를 보여 주었다.

"무슨 카드지?"

"역시 모르시네. 모레는 아저씨가 스쳐 지나갔다는 여성

생일이야."

스쳐 지나간 여성이라니, 잠깐 누굴까 생각한 뒤 나는 바로 도모를 꾸짖었다.

"네 어머니잖아. 그렇게 말하면 안 되지."

"난 항상 어머니라고 불러. 아저씨에게 그렇다는 이야기지. 생일도 모르고, 애인이라고 하지도 않고, 사이도 좋지 않은 데다가 친구도 아니고. 인연이 깊은 줄 알았더니 잠깐 섹스했을 뿐이라면서. 음, 스쳐 지났다는 표현 말고 얼른 떠오르는 표현이 없어."

도모는 태연한 표정으로 이렇게 대꾸했다.

"어쨌든 그런 표현은 쓰지 않는 게 좋아."

"아, 알았어. 그런데 쓸 거야, 카드?"

도모는 카드를 펼쳐 컴퓨터 키보드 위에 얹어 놓았다.

'생신 축하드려요. 여기는 모두 잘 지내죠. 늘 건강 잘 보살피세요.'

카드에는 깔끔한 글자로 이렇게 적혀 있었다.

"요즘 함께 지내는데 나만 어머니 생일을 축하하는 건 괜히 아저씨를 따돌리는 것 같아 좋지 않겠다 싶어서 물어 봤을 뿐이야."

"함께 지낸다니, 미쓰키는 네가 여기 있는 걸 알아?"

"응. 지난달에 본가에 돌아갔을 때 당분간 아저씨 집에 묵을 생각이라고 이야기했으니까."

"그랬었구나……."

미쓰키는 도모가 나를 만나는 걸 반대하지 않았나? 아들이 오랜 세월 방치한 아버지에게 간다는데 저항감이 들지 않았을까? 대체 무슨 심정으로 허락한 걸까? 아니, 도모는 스무 살이 지난 성인이다. 자기 자식이라고는 해도 일일이 참견하지 않는 게 당연할지도 모른다.

"이런 기회에 한마디 쓰시지?"

도모는 멋대로 연필꽂이에서 볼펜을 꺼내 내게 건넸다.

"어어……. 어떡하지?"

생일이라는 걸 알게 되었고 카드까지 디미는데 축하하지 않는 건 너무 쌀쌀맞은 느낌도 든다. 하지만 25년 동안 미쓰키하고는 한 번도 이야기를 주고받은 적이 없다. 10만 엔을 이체하고 사진을 받기만 했을 뿐, 거기에는 마음이나 생각을 함께 담은 적이 없었다.

"갑자기 내가 쓰면 놀라지 않을까?"

기억 속의 미쓰키는 20대 초반인 모습 그대로다. 예쁜 외모와는 달리 기가 센 미쓰키가 그 딱 떨어지지 않는 말투로 '어머, 이게 뭐야?' 하며 좋게 받아들이지 않을 모습이 떠올랐다.

"놀라게 하는 게 꼭 나쁜 일만은 아니지. 깜짝 이벤트는 생일에도 하잖아."

도모는 소파에 걸터앉으며 말했다.

"실제로 미쓰키를 만난 건 몇 번 안 되고 20년 넘도록 이야기한 적도 없어서……. 축하한다고 내가 적으면 이 사람이 누군가 할 거야."

"그렇게 생각할 리 없잖아. 섹스한 상대인데."

"그렇지만 서로 사랑한 건 아니잖아. 친구도 아니고 애인도 아니고. 인제 와서 뭐야 하고 짜증을 내지 않을까?"

내가 주절주절 핑계를 늘어놓자 도모가 웃으며 말했다.

"아저씨만 사랑하지 않은 거 아닌가? 그리고 몇 번 만났을 뿐인 여성에게 아기를 낳게 만들고 20년 넘도록 한마디도 않다니. 그게 더 짜증 날 일 같은데? 다른 나라 같으면 최소한 경범죄 같은 거에 걸리지 않으려나? 축하한다는 말 한마디라도 써서 죄를 가볍게 만드는 게 낫지 않아? 아니면, 소설가가 한마디 쓰는 건 그렇게 힘든 일인가?"

"아니, 한 줄 쓰는 게 못마땅해서 그런 건 아니고, 미쓰키가 싫어할까 봐서 그러는 것뿐이야……."

"축하한다는 말을 듣고 싫어할 사람이 어디 있다고."

도모는 쉽게 말하지만, 미쓰키와 내 관계를 생각하면 당연히 그럴 수 있다.

"가가노 씨가 할 수 있는 건 경제적으로 지원하는 일뿐이야. 아기가 태어나는 걸 기뻐하지 않는 사람에겐 아빠가 될 권리가 없어. 보지도 말고 말도 하지 마. 그냥 돈만 보내주면 그걸로 그만이야."

마지막으로 만났던 날. 미쓰키는 내게 변명할 틈도 주지 않고 이렇게 말한 뒤 바로 돌아갔다. 뒤도 돌아보지 않고 잰걸음으로 멀어져 가는 모습에서 나라는 존재를 완전히 잘라 내 버렸다는 사실을 뼈저리게 느꼈다.

"틀림없이 내가 쓴 글을 읽으면 귀찮게 여길 거야. 미쓰키는 기가 세달까, 단호한 면이 있어서."

내가 이렇게 말하자 도모는 눈을 동그랗게 떴다.

"본 적도 몇 번 없고 20년 넘게 이야기를 나눈 적도 없는 사람을 알아? 어머니는 최소한 기가 센 타입은 아닌데."

"그래?"

기가 세다. 미쓰키의 성격을 표현하는 말은 이것밖에 떠오르지 않는다. 미쓰키도 엄마가 되어 변한 걸까?

"자, 어쨌든 쓸 거면 빨리 써. 오전 중에 우체국에 가야 하니까."

"아, 그래."

"무슨 내용이든 괜찮아, 어서."

도모가 재촉해 나는 카드 귀퉁이에 조그맣게 '축하해'라고만 썼다.

"엑, 아니, 글자가 너무 작잖아. 이거 돋보기 없으면 읽을 수 없겠어."

도모는 카드를 손에 들고 얼굴을 찌푸리더니 '그럼 우체국 다녀올게'라며 나갔다.

돋보기가 없으면 읽을 수 없나? 최근 몇 년은 누군가에게 손글씨로 메시지를 적어 보낸 기억이 없다. 목소리나 글자나 적당한 크기가 어느 정도인지도 구분할 줄 모르게 되었다니. 깨닫지 못했는데 이렇게 집에 틀어박혀 있는 사이에 많이 어긋난 걸까? 아니, 괜찮다. 여기서 혼자 소설을 쓴다. 이게 내 일상이니까. 나는 한숨을 내쉬고 다시 컴퓨터 자판에 손을 얹었다.

10

"아, 참. 그런데 무슨 답장 같은 거 왔니?"

다이닝룸에서 도모를 보고 이렇게 물었다.

"또?"

도모가 웃음을 터뜨렸다.

미쓰키에게 생일 카드를 보낸 지 일주일이 지났다. 이제 슬슬 답장이 올 때가 되었다. '축하해'라고 쓴 이상 어떤 반응을 보일지 궁금해 견딜 수 없었다. 인제 와서 미쓰키를 만나고 싶다거나 마음에 들고 싶다거나, 그런 생각이 있는 건 아니다. 어떻게 받아들였는지, 그냥 그게 신경 쓰인다.

"아저씨, 안 그런 척하며 물어보려는 속셈일지 모르지만, 날 볼 때마다 답장 이야기를 꺼내잖아. 초등학생도 아닌데. 자, 커피."

"어, 아아. 신경이 쓰인다고나 할까? 네가 모처럼 카드를 보냈는데 답장을 받았는지 궁금해서⋯⋯."

도모가 테이블에 커피를 내려놓았다. 나는 무심코 자리에 앉았다.

"답장 신경 쓰는 사람 아저씨뿐이야. 축하한다는 말에 답장은 고맙다는 말밖에 없잖아."

도모는 자기 커피를 따라 내 앞에 앉았다.

"그런가?"

"게다가 20년 넘게 내버려 두고도 아무렇지 않았던 어머니 반응을 인제 와서 신경 쓰다니."

"아니야, 받은 사람이 미쓰키이기 때문인 건 아니고, 적극적으로 누군가에게 메시지를 보낸 게 무척 오래간만이라서 어떤 반응이 돌아올까 궁금해서."

"적극적이라고? 아니, 내가 카드를 들이미니까 '축하해'라고 창의력이라고는 눈곱만큼도 없는 내용을 좁쌀만 한 글자로 썼을 뿐이잖아."

도모는 이렇게 말하며 웃었다.

"뭐 그렇기는 하지. 그렇지만 너도 조금은 신경 쓰이지? 생일 카드를 보냈으니까."

"별로. 그냥 생일이니까 축하한다고 했을 뿐, 그 이상은 아무것도 없어."

"넌 생일 축하하는 게 취미니?"

사세노 씨 다음에는 미쓰키. 그리고 생일이 아닌 내게도 도모는 카드를 주었다.

"설마."

"그럼 왜? 넌 최근 한 달 사이에 세 사람에게 생일을 축하했잖아?"

"정말 다른 사람들과 다르네. 주위에 생일을 맞이한 사람이 있으면 축하한다는 말쯤은 하는 게 자연스럽잖아? 생일은 비교적 쉽게 상대를 즐겁게 만들 수 있고, 친해지기 쉬운 기회니까. 아저씨도 앞으론 계속 다른 사람 생일을 축하해 주는 게 나을 거야."

"대단하구나……."

답장도 바라지 않으면서 다른 사람을 기쁘게 하고 싶어 한다니, 도모는 자원봉사 정신이 넘친다.

"아니야, 일반적으로 다들 그래."

도모는 어처구니없다는 듯이 한숨을 내쉬었다.

"그래?"

"그래. 상대방의 반응을 원하면 아무것도 할 수 없지. 아저씨도 내가 끓인 커피 당연하다는 듯이 마시잖아? '네가 끓여 주는 커피는 최고야. 이 한 잔 덕분에 난 살 것 같구나. 진심으로 고맙다' 뭐 이런 말을 해도 괜찮을 텐데 말이야."

"정말 그렇구나!"

나는 입에 댔던 컵을 테이블에 내려놓았다. 내가 정말 무례한 짓을 저질렀다. 이렇게 맛있는 커피를 아무 말도 없이 끓여 주는데 여태 고맙다는 말 한마디 없었다.

"미안해. 네가 너무 자연스럽게 커피를 끓여 주는 바람에 고맙다는 생각도 하지 못했네."

"농담이야. 괜히 해 본 소리니까 그만둬. 그냥 커피 끓였을 뿐이니 감사 인사는 하지 않아도 된다고. 게다가 이건 인스턴트커피야. 아저씨, 증세가 심각하네."

도모는 아무렇지도 않은 것처럼 말했지만 나라면 어떨까. 다이닝룸에 다른 사람이 있으면 커피를 준비할 수 있을까? 틀림없이 어떤 음료를 골라야 좋을지 헤맬 테고, 상대가 목마른지 어떤지 눈치도 채지 못하리라. 아예 나는 마실 것을 내와야 한다는 생각조차 하지 못할지도 모른다.

내겐 전혀 없는 도모의 이런 면은 미쓰키의 성격을 물려받았거나 미쓰키와 생활하면서 몸에 익혔을 것이다. 그렇다면 미쓰키도 옆에 있는 누군가를 배려하는 사람이란 걸까? 내가 깨닫지 못했을 뿐이지 마음씨 고운 여성이었을지도 모른다. 아니, 그렇지는 않은가?

"매달 사진을 보낼 테니까 그거면 충분하겠지. 아버지 행세하며 아이를 만나려고 한다거나 하는 이상한 생각은 하지 마셔. 정확하게 월말에 10만 엔 보내야 한다는 걸 잊지 마."

아무 감정도 없는 표정으로 그렇게 말하던 미쓰키의 얼굴을 떠올리며 나는 조용히 고개를 저었다.

11

11월 세 번째 주 화요일. 한층 더 추워진 저녁 무렵, 초인종 소리가 울려 얼른 현관으로 나갔다. 하던 일을 멈추게 만드는 요란한 소리. 회람판이나 택배일 거로 생각하며 좀 짜증스럽게 문을 여니 사세노 이쿠타로 씨가 서 있었다.

"아, 건강하죠?"

"예……."

편의점 점장이 왜 왔을까? 딱 한 번 만난 내 건강 상태를 왜 신경 써 주시는 걸까? 아니, 그보다 일단 안으로 맞아들여야 한다. 저녁 겨울바람은 건조한 만큼 살을 에는 듯 날카롭다. 점퍼를 입은 사세노 씨는 몸을 웅크리고 서 있었다.

"아, 좀 들어오시죠."

집 안으로 들어오라고 하자 사세노 씨는 편의점 봉투를 내밀며 말했다.

"아, 그냥 여기서 전해 드리죠. 자, 이걸."

"이거⋯⋯. 제가 받아도 되는 건가요?"

"아, 물론."

묵직한 봉투 안을 들여다보니 스포츠 음료와 젤리 음료 몇 개가 들어 있었다. 발주 착오이거나 무슨 사정이 생겨 처리 곤란한 상품일까? 스포츠 음료나 젤리 음료를 좋아하지 않는데 애써 여기까지 가지고 와 주었다. 나는 '감사합니다' 하며 고개를 숙였다.

"그래, 어때요? 이제 조금 나아졌나?"

사세노 씨는 내 얼굴을 빤히 바라보며 물었다. 조금 나아졌느냐고⋯⋯? 이게 무슨 뜻일까. 나는 살짝 고개를 갸웃거렸다.

"도모 감기 말이오. 내일은 아르바이트 나오겠다고 전화가 왔는데 이틀이나 열이 났으니 녹초가 되었을 테지."

사세노 씨가 이렇게 말했다.

"감기⋯⋯?"

"그래요. 토요일에 힘들어 보이더니 일요일, 월요일에 아르바이트를 쉬었고 오늘 아침에 하루만 더 쉬게 해 달라고 연락이 와서. 아니, 설마 아버지가 모르시나?"

사세노 씨가 미간을 찌푸렸다.

"예……."

"예라니, 도모와 같이 살지 않나?"

"같이 사는데……."

분명히 도모는 이 집에서 생활하는데 도모의 아르바이트 시간대가 불규칙해서인지, 내가 일하느라 방에 틀어박혀 있기 때문인지 얼굴을 못 보는 날도 있다. 시간이 맞지 않아 서로 무얼 하고 있는지 모르는 날이 이어져도 이상할 일 없다.

"친아들이 아니더라도 같은 공간에 사는 사람이 아프다고 하면 알아차릴 텐데. 이 집은 대단히 넓군."

사세노 씨는 빈정거리는 게 아니라 정말 놀란 듯 말했다.

"아뇨……."

이 집은 넓고, 방도 많다. 사람 기척을 알아차리기 쉽지 않은 방 구조이기도 하다. 하지만 그 이상 대단한 것은 사람을 대하는 내 안테나가 둔하다는 사실일지도 모른다. 그렇게 둔감한 내가 소설을 쓴다니, 우습다. 잘난 척하며 인생이 어떻다느니 하는 소리를 잘도 썼다. 나는……, 아니, 그런 생각을 할 상황이 아니다. 도모가 아프다. 그것도 아르바이트를 빠질 만큼 아프다니 상태가 꽤 좋지 않다는 이야기다.

"아, 이거 감사합니다. 도모에게 잘 전하겠습니다."

내가 편의점 봉투를 품에 안고 고개를 숙이자 사세노 씨는 '그래요, 몸조리 잘하라고 해요'라며 슬쩍 손을 흔들었다.

그런데 도모는 2층 어느 방을 쓰고 있나? 나는 계단을 올라가면서 생각했다. 부엌도 욕실도 1층에 있어서 몇 년 동안 2층에 올라가지 않기도 한다. 아니, 그런 문제가 아니다. 도모가 이 집에 온 지 한 달 넘게 지났다. 도모가 어느 방에 있는지도 제대로 모르는 나 자신에 놀라야 했다. 지금까지 다른 사람과 함께 지낸 적이 없어서 눈치채지 못했지만, 주변 사람에 대한 내 무관심은 둔감한 수준을 넘어섰다.

계단을 올라가면 바로 나오는 방은 책과 잡지가 잔뜩 쌓여 창고처럼 되고 말아 도모는 거기 없었다. 그 옆에 있는 세 평짜리 방의 문을 살짝 여니 이부자리 위에 누운 도모가 있었다.

"아니, 너 괜찮아?"

나는 안으로 들어가며 물었다.

"어? 아니, 어쩐 일이셔?"

도모가 몸을 일으켰다.

"어쩐 일이냐니. 감기 걸렸다고 해서……. 이거, 방금 사세노 씨가 다녀가셨어."

"아, 고마워. 목이 좀 말랐는데."

내가 봉투를 건네자 도모는 안에서 스포츠 음료를 꺼내 바로 마셨다.

"많이 아프니? 아, 참. 의사를 부를까?"

아주 잠깐이지만 도모의 표정이 어두워지며 쉰 목소리로 말했다.

"됐어. 토요일에 병원 가서 약 받아 왔어."

"그래? 그럼 뭘 하면 될까?"

눈앞에 환자가 있다. 뭔가 해야 할 텐데 그게 뭔지 모르겠다.

"이제 꽤 괜찮아져서 됐어. 나 편도선이 약해서 간단한 감기라도 바로 열이 나거든."

"열이 난다면, 아, 그렇지. 물에 적신 수건, 그거 가져 올게."

옛날 드라마나 만화에서 머리맡에 물이 든 세숫대야를 두고, 거기서 꼭 짠 수건을 열이 나는 어린아이 이마에 얹는 어머니 모습을 본 적이 있다.

"됐어, 괜찮아. 이제 열은 없다니까."

"그럼, 죽, 죽을 끓일게."

"그런데 죽은 끓일 줄이나 아시려나? 됐어, 그리고 이것 있잖아."

도모는 사세노 씨가 가져온 젤리 음료를 내게 보여 주었다.

"그래? 그거면 되겠니?"

사세노 씨는 그냥 아르바이트하는 가게의 점장인데 필요한 것을 정확하게 준비했다. 역시 나이가 많은 만큼 다른 사람을 잘 안다. 아니, 도모는 이런 것도 당연한 일이라고 할까?

"사흘 동안 누워 있었더니 이제 괜찮아. 오늘은 혹시 몰라 그냥 하루 더 쉬는 거야. 걱정하지 마."

"아, 그래."

"이제 괜찮으니까 아저씨는 일하러 가셔."

"아니야, 그럴 수는…… . 그렇지. 방 온도를 올릴까? 아, 우선 환기부터 해야 하려나?"

"됐어. 이제 거의 다 나았으니까."

"미안하구나. 병이 든 사람을 본 적이 없어서 어떻게 대처해야 하는지 몰라."

내가 사과하자 도모는 소리 내어 웃었다.

"병이라니, 그냥 감기야. 이런 건 대처할 필요도 없어. 누워서 쉬면 낫기 때문에 심각하지 않아."

"그래? 난 어른이 된 뒤 감기 걸린 적이 없어서."

나는 이렇게 말하면서 구석 쪽에 슬쩍 앉았다. 몇 년이나 들어오지 않았던 방은 내 집이라는 느낌이 들지 않았다.

"감기에 걸린 적이 없다고? 정말? 한 번도?"

도모는 무척 놀랐는지 쉰 목소리를 높이며 물었다.

"그래, 병도 걸린 적 없고 다친 적도 없어. 스무 살 넘어서는 그런 기억이 없네."

"대단하네. 그런 사람 진짜 드물어."

"대단해?"

건강에 신경을 많이 쓰지는 않아도 컨디션이 무너진 적은 한 번도 없다. 내가 사실은 아주 튼튼한 걸까?

"다들 1년에 한 번쯤은 감기에 걸리잖아. 그런데 아저씨, 재작년에는? 독감이 엄청나게 퍼졌었는데."

"독감은 태어나서 걸린 적이 없어. 뭐 밖에 거의 나가지 않으니 옮지 않은 건지도 모르지만."

"히키코모리는 대단하구나."

도모는 진심으로 감탄한 듯 고개를 끄덕였다.

"글쎄."

"집 안에 틀어박힌다는 건 내가 상상했던 것보다 나쁘지 않은 일일지도 모르겠네. 밖에 나가지 않으면 바이러스에 감염될 일도 없고 위험도 없을 테니까 다치지도 않지. 다른 사람들과 접촉하지 않으면 마음이 통하지 않아도 안절부절못하거나 상대방 반응 때문에 불안할 일도 없을 테니까 스트레스도 쌓이지 않겠지. 사실은 히키코모리는 몸과 마음 모두 건강할 수 있는 최고의 상태일지도 모르겠네."

"칭찬인지 핀잔인지 모르겠지만 난 히키코모리는 아니

라니까."

"칭찬하는 거야. 밖에 나가면 아무래도 아는 사람이 늘겠지. 아는 사람이 늘어나면 마찰도 생기고, 다른 사람의 슬픔을 접해야 할 일도 늘어날 거야. 혼자 있으면 누구에게도 상처를 주지 않고, 누구에게도 상처를 받지 않을 수 있는데. 다음엔 소설 말고 히키코모리의 건강법 같은 책을 쓰면 어떨까?"

도모는 어깨를 움츠리며 웃었다.

"그게 뭐야? 진짜 건강해질지 어떨지 전혀 알 수 없는 제목이잖아. 게다가 난 건강에 관한 지식은 전혀 없고, ……아, 참!"

건강에 관해 알고 있는 사실이 떠올라 나는 손뼉을 쳤다.

"왜 그래?"

"냄비. 냄비 요리를 해 먹자. 저번에 텔레비전에서 냄비 요리는 영양 만점 건강식이라고 하더라. 따뜻한 데다기 뭐든 넣을 수 있으니까. 저녁 식사 때 내가 냄비 요리를 할게."

"만들 수 있겠어?"

"냄비 안에 재료를 넣으면 되는 거잖아? 만든 적은 없지만 만들 수 있겠지."

내가 말하자 도모가 다시 물었다.

"도대체 이 집에 냄비가 있기나 해?"

부엌에는 프라이팬과 작은 냄비 하나씩. 그리고 주전자. 분명히 냄비 요리를 할 만한 큰 냄비는 없다. 배추와 닭고기를 사면 된다고 생각했는데 가장 중요한 도구가 없다니…….

"이럴 수가……."

나는 자신에게 실망해 중얼거렸다.

"이 집 엄청 넓은데 혼자 사는 데 필요한 물건들뿐이야. 다른 사람이 방문한다는 걸 전혀 생각하지 않았어."

도모가 이렇게 말하며 웃었다.

"그래. 여태 이 집에 손님이 있었던 적이 없지. 어, 그러고 보니 이 이부자리 못 보던 건데 어디서 났지?"

나는 도모가 깔고 있는 이부자리를 가리켰다.

"샀지. 이부자리하고 수건, 잠옷, 칫솔, 컵도. 손님용이 있을 줄 알고 짐을 싸 들고 오지 않았는데, 여긴 정말 아무것도 없더라니까."

"그래……? 그렇구나."

수건과 컵. 사람이 오면 그런 게 필요하지. 그런데 이 집은 나만을 위한 물건뿐이다. 집뿐만 아니다. 내게는 다른 사람을 맞아들이기 위한 마음가짐도 전혀 되어 있지 않다.

"아, 그렇지만 집에 쓸데없는 물건을 두지 않는 게 요즘 유행인 모양이야. 뭐라더라, 미니멀리스트라고 하는……."

"내가 사 올게. 나는 미니 뭐라고 하는 건 아니야. 고기와 두부, 배추 그리고 냄비. 큰 냄비를 당장 사 올게."

내가 벌떡 일어서자 도모가 말했다.

"의욕이 넘치시네. 아, 그런데 배추와 무는 있어. 얼마 전에 모리카와 씨가 밭에서 거두었다면서 갖다주었지. 부엌 구석에 놔두었어."

밖은 해가 저물어 무척 추웠다. 나는 점퍼를 껴입고 현관을 나왔다. 목적지는 역 앞에 있는 쇼핑센터. 거기 가면 냄비도 팔 것이다.

질그릇으로 된 냄비는 아주 무겁고 옮기기도 힘들 것이다. 그래도 버스를 갈아타고 사러 간다. 왠지 나는 질냄비를 사는 일에 사명감 비슷한 것을 느껴 흥분했다. 질냄비만이 아니라 채소와 고기. 폰즈도 있겠지. 돌아올 때는 두 손에 커다란 봉투를 들고 있을 거로 생각하면서 힘차게 버스 정류장으로 가다가 문득 걸음을 멈추었다. 도모가 배추와 무는 모리카와 씨가 주셨다고 했다. 짐 때문에 힘들어지기 전에 먼저 고맙다는 인사를 하러 가야 한다. 모리카와 씨는 함께 헌책 시장을 꾸린 동료이기도 하다. 예의를 차려야 한다.

그런데 모리카와 씨 집이 어디지? 인사하러 갈 마음을 먹었는데 주소를 모른다. 일단 집에 돌아가 도모에게 물어볼까? 아니, 그러고 보니 지난주에 온 회람판에 버스 정류장 앞 주소 간판을 새로 만들었다고 적혀 있었다. 그걸 보면 찾을 수 있으리라. 회람판은 이따금 유익한 정보를 전해 준다.

나는 주거 간판에서 위치를 확인하고 모리카와 씨의 집으로 갔다. 버스 정류장에서 북쪽으로 세 번째 블록 모퉁이가 모리카와 씨가 사는 집. 돌담으로 둘러싸인 묵직한 느낌이 드는 주택이었다.

"아니, 가가노 씨. 대체 어쩐 일이오?"

초인종을 누르자 편한 옷차림을 한 모리카와 씨가 나왔

다. 벌써 저녁 목욕을 마쳤는지 잠옷 위에 카디건을 걸쳤다. 서둘러 찾아왔는데 아무 연락도 없이 찾아온 게 민폐였을까?

"아, 저어, 그, 안녕하세요?"

나는 허리를 깊숙이 숙여 인사했다.

"아, 그간 잘 지내셨소? 요즘은 해가 짧아져서. 아, 안으로 들어오시겠나?"

"아뇨, 저어."

"날도 찬데 잠깐 들어오셔서. 막 저녁 식사를 하려던 참인데, 같이 한술 뜨실 텐가?"

모리카와 씨는 나를 현관 앞까지 데리고 가더니 욕조에서 금방 나와 반짝반짝 윤이 나는 얼굴로 웃으며 말했다.

"아뇨, 저어, 오늘은 그냥 고맙다는 인사만 드리려고. 바로 돌아가야 합니다."

"인사? 무슨 인사를?"

모리카와 씨는 고개를 갸웃거렸다. 사세노 씨나 모리카와 씨나 주름진 얼굴을 보면 왠지 마음이 편해졌다.

"얼마 전에 배추와 무를 주셨다는 이야기를 우리 아들에게 들어서."

"배추? ……아아, 그거? 우리 마당에서 조금 재배한 것을 뽑아다 줬을 뿐인데. 그것 때문에 일부러?"

"그렇습니다."

"거, 고맙군."

"아뇨. 당연히 인사를 드려야죠."

나는 조금은 의무를 수행한 기분에 조금 으쓱해졌다.

"그런데? 음, 그러니까, 빈손으로?"

모리카와 씨는 나를 위아래로 훑어보았다.

"예, 아, 빈손입니다. ……아, 그런가? 뭔가 답례가 될 선물을 가지고 왔어야 하는데."

"아니, 아니에요. 그런 건 필요 없지. 그냥 일부러 오셨다고 해서 무슨 일 있나 싶어 물었을 뿐이오. 미안, 미안."

"아, 죄송합니다."

군이 집까지 찾아오려면 과자 한 상자라도 가지고 와야 했던 걸까? 모리카와 씨의 집을 방문한 자신이 크게 발전했다고 생각했는데 연락도 없이 저녁 식사 시간에 빈손으로 찾아오는 것은 어리석은 짓이었는지도 모른다.

"인사까지 할 필요는 없는데. 하찮은 채소 때문에 마음 쓰게 해서 미안하군."

"아뇨. 감사합니다. 오늘 저녁은 주신 채소로 냄비 요리를 하려고요."

"날이 추우니 좋겠군. 아, 그럼 혹시 괜찮다면 쑥갓도 가지고 가요."

모리카와 씨는 말을 마치자마자 안을 향해 '여보, 채소 좀 챙겨'라고 소리쳤다.

"됐습니다. 더 받을 수는 없죠. 그리고 지금 장을 보러 가는 길이라서."

"뭘 사려고? 우리 집에 있는 거라면 가져가면 되지."

"질냄비를."

"질냄비?"

모리카와 씨는 이상하다는 듯이 되뇌었다.

"예. 질냄비, 큰 냄비를 사려고요……."

냄비를 사는 게 그렇게 희한한 일일까? 내가 조심스럽게 대답했다.

"질냄비라고? 그런 거라면 우리 집에 있는 걸 가지고 가시지. 안 쓰는 냄비가 잔뜩 있을 거요."

"아뇨, 냄비를 얻을 수야 없죠."

내가 고개를 젓는데 '괜찮아, 괜찮아. 가지고 가요. 오히

려 보탬이 된다니까. 안 그래도 처리하기 고민이었으니까'
라며 모리카와 씨는 '여보, 냄비도 부탁해'라고 소리쳤다.

쑥갓에 대파, 폰즈, 닭고기가 든 커다란 질냄비를 품에
안고 팔에는 치쿠젠니[16]에 채소 절임, 감자샐러드가 든 종
이봉투까지 걸치고 집으로 돌아왔다.

"어떻게 된 거야?"

부엌에서 배추를 썰고 있던 도모는 눈이 휘둥그레졌다.

"이걸 어떻게 설명해야 하나……?"

모리카와 씨 집에서 겪었던 일을 이야기하자 도모는 '할
아버지, 할머니는 정말 다른 사람들 기쁘게 해 주는 걸 너
무 좋아하셔서'라며 웃었다.

"정중하게 거절했는데 말이야."

"냄비까지 얻어 왔어? 생각보다 야무지시네."

"냄비를 받지 않겠다고 했는데, 아무리 그러지 마시라고
해도 계속해서 이것저것 내오셔서……."

모리카와 씨는 질냄비뿐 아니라 그릇은 필요 없느냐, 주

---

16 채소와 고기를 함께 조린 음식. 지금의 후쿠오카현 대부분을 차지하던 치쿠젠 지역의 일
    상적인 요리였다고 해서 이런 이름이 붙었다.

전자는 어떠냐, 이 강판은 무를 갈기 좋다, 이러면서 현관 앞에 부엌에서 쓰는 도구를 계속 내왔다. 결국 사기는 했지만 쓰지 않으니 가져가 달라며 냄비와는 아무런 관계도 없는 자전거까지 권했다. 그걸 기를 쓰고 거절하는 사이에 얼굴이나 키나 모리카와 씨와 많이 닮은 부인이 '남자 둘이 산다면서? 음식을 직접 해 먹는 일 별로 없잖아? 번거로울 테지만 가지고 가'라며 종이봉투에 요리를 꾹꾹 담아 주어 짐이 이런 상황이 되었다.

"모리카와 씨는 다른 사람에게 퍼주기를 참 좋아하셔. 도대체 그 집에는 쓰지 않는 물건이 얼마나 많은 걸까?"

내가 모리카와 부부가 이것저것 내오는 모습을 떠올리며 중얼거렸다.

"한집에 오래 살다 보니 쓰지 않는 물건이나 필요 없어지는 물건도 쌓이겠지. 필요한 물건만 두고 사는 것도 나쁘진 않지만 뜻밖에 누가 찾아왔을 때 아무것도 내줄 게 없으면 좀 안타깝지."

도모가 이렇게 말했다.

"그래, 그렇지."

냄비도 담요도 없는 이 집을 빈정거리는 걸까? 아니다.

도모가 농담은 하지만 빙 돌려서 비난하는 성격은 아니다. 도모에 관해 이제 그쯤은 파악한 상태다.

"여기에는 센베이하고 엿까지 들어 있네."

도모는 종이봉투에서 과자를 꺼내 '아저씨도 이제 쉰 살인데 모리카와 씨가 보기에는 아직 어린애로 보이는 모양이야'라며 웃었다.

건더기를 넣기만 하면 냄비 요리가 된다고 했지만 그렇게 간단하지는 않을 거로 생각했다. 그런데 닭고기에 배추, 쑥갓, 무, 파. 이런 재료들을 그냥 넣기만 해도 아주 맛있었다.

"폰즈가 대단하구나. 고기는 물론 채소에도 잘 어울려."

"그렇지."

"배추가 이렇게 물렁물렁해지네. 얼마든지 먹을 수 있겠어."

"맞아."

"이 국물, 맛있네. 닭고기도 맛있는 국물이 나오는구나."

"아저씨, 냄비 요리 몇 년 만에 드셔?"

내가 감상을 늘어놓자 도모가 웃으며 물었다.

"글쎄, 냄비 요리는 언제 먹었는지 기억이 나지 않을 정도네."

본가에서 나온 뒤로 냄비 요리를 먹은 기억이 없다. 혼자 하는 외식 때 고를 만한 메뉴는 아니고, 냄비가 없었으니 집에서 먹은 적도 없다.

"대단하네. 이만큼 감동하면 냄비도 기뻐할 거야."

"그래, 모리카와 씨 부인이 만들어 준 치쿠젠니도 채소 절임도 센베이도 다 맛있어."

"센베이는 시장에서 파는 걸 텐데. 그런데 생각보다 잘 드시네."

그런 도모도 냄비 요리를 다 먹은 뒤 맛있는 소리를 내며 센베이를 깨물었다.

"맞아, 아주 많이 먹었네."

식사는 늘 칼로리메이트와 냉동 카레라이스 같은 걸로 충분했다. 이렇게 많이 먹은 적은 없고, 진심으로 맛있게 느낀 적도 거의 없다.

"이렇게 먹으니 배가 묵직하네."

"맞아."

도모도 만족스러운 듯 배를 쓰다듬었다.

벌써 9시가 거의 다 되었다. 평소 같으면 10분 만에 식사를 마쳤을 텐데 2시간 넘게 식탁에 앉아 있었다니. 나는 시계를 보고 깜짝 놀랐다.

냄비 요리는 건더기를 깨끗하게 비웠다. 더는 아무것도 먹을 수 없을 것 같으니 치우면 될 텐데 배가 빵빵해서 움직일 수 없었다.

"넌 이제 가서 좀 눕는 게 좋겠구나. 모처럼 냄비 요리를 먹었는데 푹 자야 감기가 떨어지지."

내가 말하자 도모는 다시 배를 쓰다듬으며 말했다.

"이렇게 배가 부른데 누우면 배가 터질 거야. 소화 좀 시키고 나서."

"그래?"

"그래. 그리고 냄비 요리 덕분에 감기도 싹 나은 것 같고. 아저씨, 고마워."

도모가 진지하게 고맙다고 하는 바람에 나는 냄비 요리를 먹느라 몸이 따스해져 붉어진 얼굴이 더 뜨겁게 느껴졌다.

"아니야, 재료를 썬 건 너고 난 냄비에 건더기를 넣기만 했는걸."

"냄비 요리를 먹자고 아이디어를 낸 건 아저씨잖아. 아프니까 25년 동안 들여다보지 않던 아버지도 잘 대해 주네."

도모가 장난스럽게 웃었다.

"아니야, 그게. ……아, 참. 너 다친 적도 많았니?"

키들키들 웃는 도모의 아이 같은 얼굴이 흙투성이가 되어 찍은 사진의 얼굴과 겹쳐져 이렇게 물었다. 8년 전 가을에 받은 사진 세 장. 그걸 떠올린 것이다.

"다쳐……? 글쎄, 삔 적은 있는데. 왜?"

"왜냐고? 그러니까, 이거."

갑작스러운 질문에 의아해하는 도모에게 나는 사진을 넣어 둔 파일을 꺼내 목발을 짚은 사진을 보여 주었다.

"아, 이거? 고등학교 2학년 때야. 와, 나 삐쩍 말랐네."

도모는 반가운 듯이 사진을 들여다보았다.

"목발 전에는 흙투성이가 된 체육복 차림으로 뛰는 사진이 왔지. 동아리 활동 중에 뛰다가 다쳤니?"

"이 사진은 체육대회 때 뛰는 모습이야. 난 계주 경기 마지막 주자였거든."

"대단하네. 넘어졌는데도 달리다니."

"넘어지지 않았어."

"체육복 보면 아주 지저분하던데."

"아, 그건 세탁해야 하는 걸 까먹어서 그래. 그래, 체육대회가 열리던 날 체육복이 땀 냄새가 나서 종일 기절할 것 같았지. 아, 내친김에 이야기하면 발을 삔 건 동아리 활동 때문이 아니라 점심시간에 술래잡기하다가 계단을 헛디뎠어. 내가 학교에서 까불이였거든."

"그랬구나······. 그럼 왜 목발을 짚고 운동장을 바라보고 있었니?"

다친 원인은 술래잡기였을지도 모른다. 그렇지만 10월에 보낸 사진 속 도모는 심각한 표정으로 운동장을 바라보고 있었다.

"운동장?"

"그래, 물끄러미 보고 있더라, 운동장을."

"아, 이건 집 근처 초등학교 운동장이야. 같은 아파트에 사는 애가 초등학교 4학년인데 리틀 야구 리그 에이스였거든. 얼마나 대단한지 쉬는 날 시합을 보러 갔던 거야."

"그랬구나······. 그런데 왜 그런 사진을 찍었어?"

"한 달에 한 번 아저씨에게 사진을 보내기로 약속했는데 이달에는 사진 찍는 걸 까먹은 거 아닐까? 어머니가 사진을 찍어야 한다면서 운동장까지 카메라를 들고 왔던 기억이 또렷하네."

"그래……? 그럼……."

"그래. 미안하지만 11월에 보낸 흙투성이가 된 사진도 뛰다가 넘어지고 땀에 젖은 드라마틱한 모습이 아니야. 이건 고등학교 때 유치원과 교류 행사가 있었는데 거기 가서 아이들과 감자 캐기를 했을 때야. 기를 쓰고 감자를 캤더니 이렇게 흙투성이가 되었을 뿐이야."

"그랬구나."

그때 고민에 빠진 내 처지 때문에 도모의 사진을 보고 다쳤는데도 어떻게든 다시 일어서려는 모습이라고 멋대로 상상했다. 지저분해져도, 다쳐도 필사적으로 앞을 향해 나아가는 모습이라는 생각이 들어 가슴이 뜨거워졌다. 그렇지만 실제로는 그게 아니었던 모양이다.

"그렇지만 어머니는 왜 하필 3개월 연속 이런 사진을 골랐을까? 고등학교는 2학기에 학교 축제, 합창대회 같은 행사가 열리니 더 좋은 사진이 있었을 텐데."

"맞아."

"아, 참, 학교에서 찍어서 팔던 내가 나온 사진도 여러 장 샀는데."

혹시……. 나는 파일을 뒤적여 보았다. 도모의 일상을 오려 낸 사진. 어렸을 때는 걷거나 뛰고, 밥을 먹는 등 여러 모습이 있었다. 그런데 초등학교 무렵부터는 방 안에 그냥 서 있는 스냅 사진이 많아, 고등학교 2학년 때의 흙투성이가 된 사진처럼 특징 있는 것은 없다. 내 생각이 지나친 걸까 하며 페이지를 넘기다가 초등학교 5학년 7월에 보낸 사진에 눈길이 머물렀다.

"이건?"

초등학생인 도모는 얼굴 가득 웃음을 지으며 손에 표창장을 들고 있다.

"뭐지?"

도모는 사진을 들여다보더니 '아, 1학기 결석이 없어서 개근상을 받은 거야'라고 했다.

"개근상. 대단하구나."

"개근상은 대단할 게 없지. 난 초등학교 4학년 때 마라톤대회에서 우승했고, 중학교 1학년 때는 시화전에서 가작을 차지하기도 했거든. 아, 서예 콩쿠르에서도 상을 받은 적이 있고. 그런데 상장 들고 있는 사진을 보낸 건 이것뿐이잖아. 더 대단한 상을 받은 사진을 보냈으면 좋았을 텐데. 어머니 가치관이 보통 사람들과 좀 다른 것 같아."

도모는 파일을 넘기며 투덜거렸다.

도모가 초등학교 5학년 학생이라면 내가 서른여섯 살 때다. 14년 전. 무슨 일이 있었지? 아아, 그렇다. 몇 해 만에 시원한 여름이었다. 기억을 조금 더듬으니 생각이 났다.

그해 7월에 나는 2년 연속 후보에 오른 문학상에서 떨어졌다. 첫해에는 아슬아슬하게 놓쳤는데 그다음 해에는 주변에서 틀림없이 받을 거라고들 했다. 작품성도 좋았고 책 판매도 아주 좋았다. 하지만 결과는 한 해 전과 마찬가지였다. 상을 노렸던 것도 아니고 특별히 받고 싶은 생각도 없었는데, 2년 연속 떨어지자 내 소설은 고만고만하다는 평가를 받은 듯해 풀이 죽었다.

"어머니는 건강하기만 하면 된다는 느긋한 분이기 때문에 마라톤이니 서예로 받은 상보다 개근상이 소중했나? 아니, 아무리 생각해도 마라톤대회 우승이 더 대단한데."

도모는 그렇게 말하더니 '잠깐, 이거 봐'라며 다음 페이지에 있는 사진을 가리켰다.

무슨 의미가 있는 게 아닐까 생각하게 되는 까닭은 소설가의 버릇 때문일지도 모른다. 매달 사진을 찍어 보냈다. 241장의 사진. 그 가운데 몇 장이 내 상황과 비슷해도 이상하지 않다.

"이 사진 속 나, 머리카락 좌우 길이가 전혀 다르잖아. 어머니가 깎아서 제각각이었어. 나 초등학교 졸업할 때까지 집에서 깎았거든. 이런 머리를 하고 돌아다녔지. 지금 보면 끔찍해."

도모는 사진 속 자기 모습을 보며 쓴웃음을 지었다.

"어릴 때라서 이상하지 않아."

"정말? 아, 나 꼬마였는데 중학교 1학년 때 갑자기 키가 컸어. 그래서 이때는 옷이 꼈지."

도모는 페이지를 넘기며 이렇게 말했다.

"바지 길이가 좀 짧은가?"

"그럴 거야. 키 순서로 따지면 3번에서 단숨에 11번이 되었거든."

"아주 많이 자랐잖아? 석 달 전과 비교하면 팔다리가 훌쩍 길어졌네."

"아, 참. 성장통으로 밤중에 다리가 아플 정도였다니까."

밤이 무척 깊었다. 그렇지만 배가 너무 불러 아직 움직일 수 없어서 식탁에 앉아 사진을 보는 것도 나쁘지 않다.

"이때는 몇 달 계속 같은 사진인데……."

나는 중학교 2학년인 도모의 사진을 가리켰다. 입은 옷은 달라도 우울한 표정으로 가만히 앉아 있는 사진이 여섯 장이나 이어졌다.

"하하하. 이때는 반항기였어. 사진 찍는다고 웃으라고 해서. 한 달에 한 번 어머니에게 사진을 찍히는 게 사춘기 남자아이에겐 괴로운 일이거든."

"그랬구나. 아, 이 무렵인가? 반항기가 끝난 게?"

"그런지도 모르지. 내가 살짝 웃고 있네."

10만 엔을 보내면 그 답장으로 보내 준 사진. 매달 빠짐없이 보내온 영수증 같았던 사진들이 갑자기 살아 움직이는 느낌이 들었다.

제
4
장

12

11월 14일. 역 앞 은행에서 돈을 찾은 김에 쇼핑센터에서 다이후쿠를 사 들고 모리카와 씨 집으로 갔다. 떨릴 정도는 아니어도 몸이 움츠러들 만큼 기분 좋은 추위. 겨울로 접어드는 이 시기의 맑은 공기는 들이쉬면 몸 안이 새로워지는 느낌이 든다.

"날이 추워지면 단것이 반갑지."

모리카와 씨는 기쁜 듯이 다이후쿠가 든 종이봉투를 받아 주었다.

"그런데 괜찮으신가? 이렇게 많이?"

"물론이죠. 질냄비에 채소를 가득 주셨고, 게다가 이 가게에서 파는 다이후쿠는 맛있거든요. 커피 맛이나 말차 맛이 나서 좀 다르죠."

다이후쿠는 여러 종류를 골라 열 개를 준비했다.

"무척 새로운 다이후쿠로군."

"사모님과 함께 드세요."

"그거 안타깝게도 우리 집사람은 틀니라 떡 종류는 먹지 못하지."

"아아……, 그러시구나."

모리카와 씨는 부부가 모두 일흔여덟 살이라고 했다. 그 나이라면 틀니를 했어도 이상할 게 없고, 떡을 먹다가 목이 멜 가능성도 있다. 사실 다이후쿠는 나이 많은 사람에게 어울리지 않는 음식일지도 모른다. 노인이라 화과자를 좋아할 테고 커피나 말차 맛은 희한하니 기뻐하실 거라고 단순하게 생각한 나 자신에게 쓴웃음이 났다.

"아, 걱정할 필요는 없어. 나는 다이후쿠를 아주 좋아하니 고맙게 먹을 거야. 혼자서 몰래."

모리카와 씨는 장난꾸러기처럼 말했다.

다이후쿠의 유통기한은 내일까지다. 작은 떡이라고는 해도 혼자서 다이후쿠 열 개를? 아무래도 선물을 잘못 준비한 모양이다. 내가 걱정하는데 모리카와 씨는 호쾌하게 웃으며 말했다.

"뭐든 선물을 받는 건 기분 좋지. 우리 같은 노인네는."

모리카와 씨의 집에서 돌아오니 도모가 거실에서 청소기를 돌리고 있었다.

"이제 오셔?"

도모는 나를 보자 청소기 스위치를 껐다. 구석 쪽에는 걸레와 양동이도 놓여 있었다.

"아주 꼼꼼하게 청소하네."

"응, 내일 돌아갈 거니까."

"돌아가?"

"그래. 내 연립주택으로."

"연립주택?"

"내일 집으로 돌아갈 거야. 그동안 신세가 많았어."

"돌아간다니, 내일?"

너무 놀라 내 목에서는 이상한 소리가 났다.

"그렇게 놀라지 않아도 깨끗하게 치우고 갈 테니까 안심하셔. 왔을 때보다 깔끔하게 해 놓을게."

도모는 그렇게 말하며 웃었다.

"아무리 그래도 이렇게 갑자기? 내일이라니, 너무 이르잖아?"

"일러?"

"그래, 너무 이르지."

"그런가? 한 달 넘게 신세를 져서 너무 오래 있었다고 생각했는데."

25년이나 만나지 못했던 아버지와 아들이 함께 지내기에 적당한 기간은 알 수 없다. 이런 식으로 내내 함께 살아갈 수는 없다는 것도 안다. 하지만 내일 돌아간다는 건 아무래도 받아들이기 힘들었다.

"그렇지만 어제 냄비 요리를 먹었잖아?"

내 말에 도모는 의아한 표정을 지었다.

"냄비 요리……? 그걸 먹으면 더 머무르는 게 일반적인가?"

"그게 아니라, 냄비 요리를 함께 먹고 이야기했잖아. 뭐랄까 이제부터라고나 해야 할까……."

우리 사이에는 아무것도 시작되지 않았다. 아들이 나타나 당황했던 내가 이제 겨우 제대로 도모를 바라볼 수 있게 되었다.

"이제부터라니, 뭐가?"

"그러니까 그게, 아직 아무 일도 일어나지 않았고, 의문도 풀리지 않았고, 또 다른 뭔가가 있을 거라고나 할까……. 이런 상태라면 기승전결의 기까지밖에 진행되지 않은 셈이지."

내가 더듬더듬 설명하는데 '농담이지, 아저씨' 하며 도모가 웃음을 터뜨렸다.

"이건 소설이 아니라 현실이야. 그냥 일상이라서 드라마틱한 일이 일어나지 않아도 끝날 때는 끝나는 거야."

"아니야, 그래도."

"도대체 기승전결이 뭐야? 어떻게 하면 결말이 나는 거지? 내가 무슨 새가 되거나 사과가 되어야 하는 거야?"

도모는 이해되지 않는다는 듯이 또 웃었다.

확실히 도모가 나타나기까지 25년 동안 내겐 새로운 일이나 충격적인 일은 물론 작은 사건마저도 일어나지 않았다. 눈을 뜨면 소설을 쓰다가 잠이 들었다. 그저 이걸 반복할 뿐이었다. 기승전결의 그 어디에도 해당하지 않는다. 대체할 수 없는 나날. 그래도 20년 넘는 세월이 흘렀다. 현실이란 그런 걸까?

그렇지만 지금 도모가 떠나면 곤란하다. 더 알아야 할

일이, 더 이야기하고 싶은 일들이 있다. 나는 아직 아무것도 모른다.

"어쨌든 좀 더 기다려."

"내가 나타났을 때 그렇게 당황하더니 지금은 대환영이네. 고맙지만 새 편의점이 문을 여는데 이번 주 토요일이야. 그때까지는 집에 돌아가고 싶어."

"문 여는 날을 연기할 수는 없니?"

"당연하지. 나한테 그럴 권한이 있을 리 없잖아. 소설가와 달리 다른 사람과 함께 일을 하면 그런 융통성을 발휘할 수 없지."

"그럼 최소한 금요일까지, 앞으로 이틀만 더 있어."

내가 애원하는데 도모는 눈살을 찌푸렸다.

"대체 왜 그래?"

"제발. 16일까지 기다려 줘."

"16일에 뭐가 있어?"

"아니, 별일 없지만, 부탁할게."

"뭐 상관없지……. 그렇지만 모레 저녁에는 돌아갈 거야."

"아, 그럼 됐어. 그럼 됐으니 금요일까지는 반드시 여기 있어 줘."

내가 못을 박자 도모는 이상하다는 표정인 채로 '알았어'라며 고개를 끄덕였다.

13

도모를 잡아 두었지만 어떻게 해야 좋을지, 내가 무얼 하고 싶은 건지 제대로 알지 못했다.

도모한테 지금까지 어떻게 살았는지, 나에 대한 생각 같은 것을 듣고 싶다. 이런 생각은 했다. 도모는 내가 애인도 아닌데 미쓰키와 잤다는 사실도, 돈을 보냈을 뿐 한 번도 만나러 가려고 하지 않았다는 사실도 알고 있다. 그런데 나를 어처구니없어 하기는 하지만 미워하거나 원망하는 느낌은 전혀 들지 않았다. 대체 미쓰키는 도모를 어떻게 키웠고, 나에 관해 어떻게 이야기했던 걸까?

게다가 앞으로 우리는 어떻게 되는 건지 확실하게 해 두고 싶다. 실제로 만나서 함께 생활했으니 지금까지와는 달라질 것이다. 가끔 연락하거나 무슨 일이 있으면 달려가기도 하는 관계가 되어 가는 걸까?

　다만 그런 문제들의 답을 얻기 위해서는 조금 더 둘이 함께하는 시간이 필요하다. 그런데 도모는 업무 인계를 해야 한다며 어제는 청소를 마친 뒤 편의점에 나가고, 오늘은 오늘대로 '아르바이트하고 올게. 사세노 씨가 일손이 모자라 한숨을 쉬고 있으니까'라며 아침부터 나가 버렸다. 도모가 돌아가는 날짜를 이틀 미루었지만 내 앞에 놓인 것은 의미 없는 시간뿐이다.

　혼자 끙끙거리며 궁리해 봤자 별수 없다. 금요일에는 집에 있을 거라고 도모가 말했다. 그렇다면 그때까지 내 일을 해 두는 게 그나마 나은 방법이다. 그렇게 생각하며 컴퓨터를 켜기는 했는데 글이 풀리지 않았다. 소설의 다음 이야기는 주인공 료스케가 스스로 목숨을 끊는 장면. 최후를 맞이하면서 쪽지 정도는 남기는 게 낫겠지. 가족과 친구에게 쓰는 내용은……

　안 돼. 머릿속이 도모 생각으로 가득했다. 그러니 여기에 없는 세계를 만드는 말들은 떠오를 리 없었다.

　나는 도모가 없어지는 게 슬픈 걸까? 쓸쓸한 걸까? 아니면 도모가 없어진 이 집에서 사는 나의 나날이 불안한 걸까? 아니, 그렇지는 않다. 인제 와서 자식에게 아무것도 해주지 못했던 후회, 자식이 나를 두고 떠날 거라는 슬픔. 가슴속에서 고개를 드는 감정은 그것과 어딘가 다르다. 안타깝고, 초조하고, 헛헛하고, 구멍이 뻥 뚫린 듯한 심정……. 다 맞는 듯하고, 어느 것도 맞지 않는다. 지금 심정에 딱 들어맞는 말은 전혀 없다. 현실을 살아가는 인간의 마음을 표현한다는 건 불가능하다.

나는 컴퓨터를 껐다. 어두운 단어를 늘어놓는 문장을 바라볼 기분이 나지 않았다.

한 달 남짓 함께 지냈을 뿐인데 이토록 도모 때문에 신경이 쓰다니. 혹시 어렸을 때 얼굴을 보았다면 나나 도모는 어떻게 되었을까?

갓 태어난 도모를 품에 안고 있었다면, 말을 배우기 시작하는 도모의 목소리를 들었다면, 내 안에 확고한 애정이 쌓였을까? 도모가 뭔가 배울 때, 뭔가 결단을 내릴 때, 내가 곁에 있었다면 도모의 인생도 바뀌었을까? 같은 시간을 보냈다면 당연히 둘 다 지금과는 다른 생활을 하고 있을 것이다.

나는 한심한 아버지가 될 수밖에 없었을지도 모른다. 그렇지만 미쓰키가 혼자 키운 것보다 도모의 세상은 조금이나마 넓어졌으리라. 도모는 누구와도 쉽게 가까워진다. 담장이 없는 아이다. 이런 나도 도모에게는 틀림없이 플러스가 될 수 있었을 것이다. 이렇게 생각하다가 나는 헛웃음을 흘리고 말았다.

나는 어쩜 이리 한심할까. 눈앞에 나타난 도모는, 나를 한 번도 본 적 없이 자란 도모는, 엄청나게 건강하다. 그게 답이다.

기가 센 미쓰키의 딱 부러지는 성격은 도모를, 그리고 틀림없이 나까지도 지켜 주었으리라.

14

금요일, 나는 쇼핑센터가 문을 열자마자 장을 본 뒤 바로 집으로 향했다.

테이블에 놓인 것은 굵은 흑당 가린토와 길쭉한 참깨 가린토, 계절 한정 유자 가린토. 그리고 채소 판매장에서 사온 아게다시도후다.

"굿모닝……, 이게 뭐야?"

어젯밤 늦게까지 아르바이트하고 들어온 도모는 12시가 되어서야 겨우 일어나서 식탁을 둘러보더니 의아하다는 목소리로 물었다.

"잘 잤니? 커피 끓일게."

"커피라니, 이건 뭐야? 아침 식사? 간식?"

도모는 여전히 식탁을 바라보며 물었다.

"이제 곧 12시니까 점심이 되겠네. 자, 앉아."

우유를 데워 넣은 인스턴트커피를 타서 테이블에 내려놓고, 나는 도모 맞은편 의자에 걸터앉았다.

"커피에 두부와 가린토……. 뭔가 굉장해 보이네."

"그래, 호화롭지?"

내가 의기양양하게 말하자 도모는 '과연' 하며 씩 웃었다.

"내가 좋아하는 음식만 준비하셨어. 마지막 날이라고 기분 좋게 해 주려는 걸 테지만……. 엄청난 메뉴 조합이야."

"그래?"

"그럼. 아게다시도후를 반찬 삼아 가린토를 먹으면 되나? 가린토를 먹다가 입가심 삼아 아게다시도후를 먹으면 좋을까? 진짜 고민되네."

"이렇게 이야기하면 좀 이상하려나……? 내가 다른 사람을 집에 초대한 적도 없고, 파티 준비를 해 본 적도 없어서 잘 몰라."

도모가 잠에서 깨기 전에 차리려고 서둘러 준비하느라 신경 쓰지 못했지만 차 종류의 음식만 늘어놓은 식탁은 수수하고, 두부와 가린토로 밥을 대신한다는 것도 묘하기는 하다.

"나는 초대받은 게 아니라 멋대로 왔을 뿐이니 이건 파티가 아니지."

도모는 미소 짓더니 이렇게 말을 이었다.

"그래도 좋아하는 음식을 실컷 먹을 수 있으니 다행일지도. 아버지는 자식에게 약하다더니 정말이네. 어머니라면 더 균형 잡힌 영양을 생각할 테고, 난 이런 이상야릇한 식사는 차릴 용기가 없지."

"이상야릇하게 차리려고 한 건 아닌데."

"무척 이상해. 그래도 애써 차리셨으니까. 어서 드셔."

"그래, 먹자."

우리는 일단 반찬부터 먹으려고 아게다시도후로 젓가락을 가져갔다.

"음, 맛있어."

도모가 아게다시도후를 입에 넣더니 이렇게 말했다.

"맛있다니 다행이네."

카페오레 다이후쿠를 사 왔을 때보다 좋은 모양이라며 안심하는 순간 도모가 눈살을 찌푸렸다.

"그런데 아게다시도후에 커피는 경이로울 만큼 어울리

지 않네."

"정말 그렇구나."

아게다시도후를 먹고 바로 커피를 마신 나는 고개를 크게 끄덕였다. 커피 향과 국물 맛이 입안에서 혼란을 일으켰다. 커피는 뜻밖에 상대를 까다롭게 고르는 음료인 모양이다.

나는 바로 잔에 물을 따랐다.

"아게다시도후 맛은 밥을 부르네."

"두부라고는 해도 튀겼으니까 깔끔하게 입가심이 될 만한 것을 먹고 싶네."

이렇게 투덜거리면서도 도모는 아게다시도후를 또 입에 넣었다.

"먼저 밥과 아게다시도후와 채소 절임으로 점심밥을 먹고 나중에 커피와 가린토를 내놓았으면 좋았겠네."

맛이 없지는 않아도 아게다시도후만 계속 먹기는 괴로웠다. 나는 미리 깨닫지 못한 걸 후회했다.

"아, 맞아. 아저씨, 머리 좋네."

"한꺼번에 전부 내놓지 말고 밥으로 과자로 두 차례에 걸쳐 상을 차려 대접하면 되지."

"뭐야, 내게 대접을 해 주신 거로구나."

도모가 재미있다는 듯이 웃었다.

그 얼굴을 보니 그걸로 충분했다. 그토록 알고 싶었지만, 지난 세월을 어떻게 살아왔는지 묻는 데 시간을 쓰는 건 아까운 생각이 들었다.

여태 어떻게 살아왔을까? 나를 어떻게 생각했을까? 그런 걸 물어서 무슨 소용인가. 충족되는 것은 내 호기심뿐이다. 그보다는 둘이 공유하고 있는 것을 이야기하는 편이 더 재미있다.

"대접하거나 감사의 뜻을 표시한다거나 하는 건 의외로 어려운 일이지. 지난번 다이후쿠를 열 개 모리카와 씨 댁에 갖다 드렸는데."

모리카와 씨에게 선물을 들고 갔던 이야기를 하니 도모는 큰소리로 웃었다.

"모리카와 씨는 식욕이 왕성하니까 괜찮다지만 식구도 많지 않은데 음식을 선물하려면 하루치 정도만 하는 게 좋지."

"그래. 그럼 내일이라도 가린토를 사다 드리자. 가린토라면 한 달은 두고 드실 수 있을 테고 맛도 여러 종류가 있으니 질리지 않을 거야."

"다이후쿠를 선물로 드린 지 일주일도 지나기 전에 가린 토라니, 번번이 화과자 종류면 걱정스럽네. 그런 거는 이따금 드리는 게 낫다니까."

"그래? 선물을 마구 드리면 유산을 노린다고 오해받을지도 모르겠구나."

모리카와 씨와 오랜 왕래가 있던 사이도 아닌데 특별한 이유도 없이 연달아 선물하면 이상하기는 하다. 조심스럽지 못한 행동은 삼가는 게 낫겠다. 내가 그렇게 말하자 도모가 웃으며 대꾸했다.

"아니, 대체 누가 다이후쿠와 가린토 같은 걸 들고 가서 유산을 달라고 하겠어?"

아게다시도후를 다 먹은 뒤, 나는 부엌으로 갔다. 식은 커피는 가린토와 어울리지 않는다. 애써 사 온 가린토다. 가장 좋은 상태로 먹어야 한다. 뜨겁고 쌉싸름한 녹차가 좋겠다. 내가 물을 끓이는데 옆에서 도모가 사용한 식기를 싱크대로 옮겼다.

"나중에 한꺼번에 정리하면 될 텐데."

"어차피 먹을 거라면 깔끔한 상태에서 먹고 싶어. 식탁이 깨끗해야 가린토가 맛있어.”

도모가 행주를 짜면서 말했다.

“그렇지.”

“다른 아저씨에 비해 접시도 잘 고르고 가린토도 잘 담고.”

“그 정도는 아니야.”

나는 부정하면서도 ‘센스가 무척 좋아’라는 도모의 칭찬을 받자 저절로 떠오르는 웃음을 숨길 수 없었다.

뜨거운 물에 차를 우리고 식탁을 정리한 다음 우리는 다시 자리에 앉았다.

“가린토는 종류가 정말 많아.”

“맞아. 이게 기본 흑당 가린토, 이게 제일 인기 많은 참깨 가린토. 그리고 이게 겨울 한정 유자 맛. 오늘부터 1월까지 한정 판매래. 시코쿠 지방에서 거둔 유자를…….”

내가 소개하는데 도모가 ‘아니’ 하며 가로막았다.

“혹시.”

“혹시 뭐?”

“내가 돌아가는 걸 오늘까지 미루라고 한 게 이것 때문?”

도모는 유자 가린토를 집어 들었다.

"그래. 그날, 16일부터 유자 가린토를 판다는 걸 알고 예약했거든. 네가 돌아가겠다고 해서……."

수요일. 모리카와 씨에게 드릴 다이후쿠를 샀을 때 지나가던 가게 앞에 '유자 가린토, 11월 16일 판매 개시'라는 선전 문구를 본 내 가슴은 이상하리만치 두근거렸다. '해마다 인기를 끈 유자 맛 가린토가 올해도 옵니다. 하나하나 손으로 만들기 때문에 수량은 한정 판매합니다. 서둘러 구하세요'라는 설명을 읽자마자 예약했다. 매년 인기를 끄는 데다가 정성스럽게 손으로 만든다고 한다. 틀림없이 맛있을 것이다. 예약 목록에 이름을 적고 있을 때는 벌써 유자 가린토를 먹는 도모의 얼굴이 머릿속에 떠올랐다.

"아, 물론 가린토만 생각하고 붙든 건 아니야. 네가 조금 더 여기 있어 주었으면 좋겠다고 생각한 것도 사실이야."

내가 이렇게 덧붙이는 동안 도모는 히죽거리며 듣는 것 같더니, '잠깐만, 이 가린토 먹는 거 엄청 부담스럽네. 맛있다고 이야기하지 않으면 절대 안 될 것 같잖아' 하며 심각한 표정을 지었다.

"괜찮아. 만약에 입에 맞지 않았을 때를 대비해 기본 가린토도 준비해 두었으니까."

나는 이렇게 말하면서도 도모가 유자 가린토를 입에 넣는 모습을 뚫어지게 바라보았다.

"어, 괜찮아. 아주 맛있어."

가린토를 입에 넣고 경쾌한 소리를 내며 씹더니 도모는 싱긋 웃었다.

"유자 껍질에서 나는 쌉쌀한 맛이 살아 있어서 맛있네. 음, 이건 얼마든지 먹을 수 있을 맛이야."

"그거 다행이구나. 신선한 시코쿠 지방 유자만 사용했다더라."

나도 하나 입에 넣었다. 도모가 괜히 칭찬한 게 아니라는 걸 알 수 있었다. 유자의 쌉싸름한 맛이 가린토의 달콤한 맛을 북돋아 주었다.

"굵은 가린토도 맛있지만 이건 고급스러운 맛이네."

"맞아."

"유자나 밀감처럼 차분하고 깊은 맛이 나는 감귤류의 향기를 맡으면 겨울이 왔다는 느낌이 들지."

도모가 차를 마시면서 말했다. 유자 가린토가 마음에 들었는지 여러 개를 계속 먹었다.

"이제 곧 겨울이네."

도모가 여기 처음 왔을 때는 가을이었는데 이제 곧 인정사정없는 추위가 올 것이다.

"잘 들으셔. 12월에는 자치회에서 떡 만들기 대회[17]가 열리는 모양이니 꼭 가야 해."

"그건 회람판에서 읽었는데 위험한 대회더라."

"뭐가?"

"떡 말이야. 금방 만든 떡은 목이 메기 쉽잖아. 나이 많은 분들이 많은데······."

"자동심장충격기(AED)와 청소기는 갖춰 두는 모양이야."

"자동심장충격기? 그렇게까지 하면서 실행하다니 다들 위험을 알면서 목숨 걸고 떡을 먹어? 게다가 단체로?"

"너무 과장하지 마. 매년 먹어서 다들 익숙해. 아저씨야말로 조심하셔. 한입에 많이 넣지 말고."

도모는 킥킥 웃었다.

"난 걱정 없어. 떡을 작게 만들게 해야지."

나 같은 주민 자치회 새내기가 주장해 봤자 설득력이 없

---

17 12월이나 1월에 열리는 일본 전통 행사 가운데 하나로, 떡메로 떡쌀을 쳐서 떡을 만들고 먹는다. 이때 만드는 떡은 '가가미모치'라고 한다.

을 테니 떡을 만드는 사람 옆을 지키며 크기를 확인할 수밖에 없으려나? 떡이 얼마나 위험한지 모리카와 씨에게만이라도 먼저 말씀을 드리는 게 좋을지도 모른다. 그 양반이라면 다른 사람들에게 주의하라고 할 수 있으리라. 떡만들기 대회의 흐름을 머릿속에 떠올리고 있는데 도모가 고개를 갸웃거리며 물었다.

"그보다 말이야, 물어보지 않아도 돼?"

"뭘?"

대회 날짜와 시간을 말하나? 그거라면 달력에 이미 적어 두었다.

"뭘? 날 붙잡아 두고 가린토와 떡 이야기만 하고 끝나도 괜찮은 거냐고?"

도모가 내 얼굴을 빤히 바라보았다. 나는 '아, 그런가? 그렇구나'라고 중얼거렸다.

묻고 싶은 것도 많고, 알고 싶은 일도 많아 도모를 붙들어 두었다. 그렇지만 어떻게 하나? 그냥 이렇게 함께 이야기하거나 식사를 하고 싶었을 뿐인 것 같은 기분도 든다.

"마지막이니 어지간한 건 다 가르쳐 줄게. 자, 무엇부터 이야기하지? 어떻게 자랐나? 어머니 이야기? 아저씨에 대해 알고 있는 것들?”

“아니야, 됐어.”

도모가 여러 가지를 늘어놓았지만 나는 조용히 고개를 저었다. 모두 알고 싶다. 그렇지만 그런 것들은 말로 설명해서 알 수 있는 게 아니다. 내가 이해할 수 있도록, 내가 상처 입지 않도록 궁리하면서 도모가 요령 있게 이야기한다면 그런 것들은 진실에서 좀 어긋나고 만다.

“그래? 모처럼 생긴 기회이니 들어 두면 좋을 텐데. 사양하지 마셔.”

도모가 말했다.

“사양하는 게 아니야.”

“그럼 왜 그래? 설마 관심 없다는 거야?”

“관심이 있고, 내가 알아야 할 일이라고 생각하기도 해. 그렇지만 소설이 아니니까 마지막이라고 해서 모든 걸 다 밝혀야 하는 건 아니겠지.”

내가 이렇게 말하자 도모는 ‘어디서 들어 본 적이 있는 대사네’라며 웃었다.

나는 오랫동안 소설 속 대화만 들어 왔다. 등장인물들은 쉽게 마음 깊은 곳에 있는 고민을 털어놓고, 빛나는 희망을 이야기하며, 풀이 죽어 한탄을 늘어놓는다.

그러나 현실은 그렇지 않다. 가슴속에 간직한 진실, 돌아보고 싶지 않은 과거, 마음속 어딘가에 있는 소망. 산다는 건, 나란 무엇인가 하는 근본적인 물음이다. 우리가 실제로 살아가는 세상에서는 아무도 그런 질문을 굳이 입에 올리지 않는다. 일상생활에서 나누는 대화는 더 현실적이다. 그렇지만 그런 대화가 겹쳐지면서 그 안에서 진실이 드러나게 된다. 아무런 설명도 하지 않더라도 도모가 잘 자랐음을 쉽게 알 수 있듯이.

"뭐야? 난 여러 가지 질문을 받을 줄 알고 머릿속에서 정리해 두었는데."

도모는 '이거 쓸데없는 걱정을 했네'라며 불만스러운 듯이 말했다.

"그러면 한 가지만 물어봐도 되겠니?"

"좋아. 물어봐."

"넌 왜 지금 여기 온 거니?"

나는 한 달 남짓 도모를 보면서도 답이 짐작되지 않던 의문을 입에 올렸다.

"지금?"

"넌 아르바이트하러 가기 편리해서라고 했지만 그게 여기 온 첫 번째 이유는 아니잖니? 그렇다면 왜 지금인지 이해되지 않아서. 성인이 되어서라고 온 거라면 스무 살 되었을 때나 사회에 나왔을 때도 올 수 있었을 테니까. 불쑥 아버지를 만나고 싶어지는 나이도 아닐 테고, 특별한 이유를 찾을 수 없는 때에 와서 궁금해."

"어차피 올 거라면 아저씨 생일 같은 날에 올걸 그랬나?"

"오는 건 언제든 좋지. 그런데 왜 이런 시기에 왔는지 도무지 알 수 없어서."

"그렇구나. 새삼 생각해 보니 궁금하겠네."

도모는 이렇게 말하며 차를 마시더니 내 얼굴을 빤히 바라보며 말했다.

"아저씨 소설이라면 어떨 것 같아?"

"소설?"

"작가라면 말이야, 어떤 식으로 이 상황을 결말로 이끌어 가지?"

"이 상황……."

"그래. 내 문제를 어떤 스토리로 마무리 지을 수 있어?"

"어떻게 될까……?"

"모즈쿠나 사과로 변신하는 건 말고, 다른 걸로 부탁해."

"그래. 그렇지……. 이게 소설이라고 한다면……, 으음, 너는 사실은 존재하지 않고 나의 또 다른 인격이었다거나……."

나는 머릿속에서 스토리를 그리며 나직한 목소리로 말했다.

"뭐야, 그게? 무슨 소리야?"

"네가 이 집을 떠난 뒤에 나는 미쓰키에게 전화를 하지. 그런데 미쓰키가 '내겐 아들이 없다. 무슨 소리를 하는 거냐'고 대꾸해. 이상하다고 생각한 나는 널 알고 있을 사람을 찾아가지. 편의점 점장이나 자치회 임원 같은 사람들. 거기서 너에 관해 물어보는데 다들 너를 모른다고 고개를 젓는 거지. 틀림없이 넌 여기 있었고 함께 지냈는데 말이야. 집으로 돌아온 나는 거울에 비친 내 모습을 보고 깜짝 놀라게 되지."

"왜? 어째서?"

"거울에는 아무리 봐도 청년으로 보이는 옷차림을 한 내 모습이 비치고 있었지. 그래, 너와 똑같은 모습이야."

"무서워! 그 이야기, 괴담이네. 호러야, 호러."

도모는 몸서리치는 시늉을 했다.

"혼자 소설을 쓰며 고독하게 지내던 내가 자신과는 전혀 다른 명랑하고 사회적인 인격을 만들어 내 언제부턴가 자신의 그 다른 인격과 이야기를 나누고 함께 행동하게 되었다는 이야기지."

즉석에서 꾸며 낸 줄거리치고는 나쁘지 않다. 소설 한 편을 쓴 것 같아 나는 만족스러운 기분으로 가린토를 집어 들었다.

"음, 그렇지만 그런 결말이라면 앞부분이 너무 가볍지 않은가? 가을 축제와 편의점 이야기를 한참 해 놓고 마지막에는 다른 인격이라니, 장르가 불분명해."

"그래? 그렇다면 이런 설정은 어때? 나는 기억이 한 달밖에 가지 않는 병이 있어서……."

"그렇게 편리한 기억상실도 있나?"

"그런 리얼리티는 일단 미뤄 두고, 내게 아들이 태어난 직후 1개월의 감동과 감흥만 강렬하게 남아 있어서 아들에 관한 다른 기억은 한 달 지나면 완전히 삭제되고 마는 거지."

"무슨 소린지 전혀 모르겠지만, 그래서?"

"그래서 25년 동안 매일 내 아들과 처음 대면하는 거야. 아들은 나이를 먹으며 성장해 가지만 나는 매달 처음 만나는 걸로 여기게 되는 거지."

도모에게 이야기하면서 나는 완전히 신바람이 났다. 엉성하기는 하지만 이야기를 구상하는 일은 그저 즐겁다.

"그 이야기는 지적할 부분이 많아. 아들 이외의 기억은? 아들이 나이를 먹어 가는 건 어떻게 해석하지? 아저씨, 대체 뭐가 이렇게 엉성해?"

"뭐랄까, 이건 뭐 소설이니까."

"간단하게 소설이기 때문이라고 정리해 버리네. 그런 이야기라면 두 권밖에 팔리지 않을 거야. 살 사람은 아저씨하고 나뿐이겠지."

도모는 이렇게 말하고 웃더니 '배가 부른데도 자꾸 손이 가네'라며 또 가린토를 입으로 가져갔다.

"앞뒤가 조금 맞지 않나?"

"조금이 아니라 전혀 맞지 않아. 제발 좀 제대로 실력을 발휘해 봐. 모처럼 앞뒤가 맞는 이야기를 해 줘야지."

"그렇구나……. 그러면 이런 이야기는 어떨까? 자기 수명이 한 달밖에 남지 않았다는 걸 알게 된 아들이 아버지를 만나러 간 그런 느낌일까?"

느닷없이 아버지 앞에 나타난 아들에게 이유를 붙이자면 흔해 빠졌어도 그렇게 되어 버리는 걸까? 사망 선고를 받은 청년이 자기 뿌리를 찾는다. 첫사랑의 상대를 만나고, 태어난 고향을 찾아가며, 마지막에는 만난 적 없는 아버지를 방문한다. 일단 앞뒤가 맞을 것 같다.

"형편없는 이야기네."

조금 전까지 말이 많던 도모가 나지막한 목소리로 이렇게 중얼거렸다.

"형편없지는 않잖아? 자기가 태어난 의미를 깨닫고, 모두 이해한 상태에서 죽음을 맞이하게 되면……?"

"도대체 말이 돼? 살 수 있는 날이 한 달밖에 남지 않았는데 병원을 빠져나가 그렇게 제멋대로 사람을 만나러 가거나 가고 싶던 곳을 찾아가기도 하는 건 흔히 있는 일이지만, 그거 얼마나 보안이 허술한 병원이야? 게다가 얼마나 기운이 넘치는 사람이면 그러지?"

"확실히 그렇네……."

그런 현실적인 이야기를 듣자 소설로 만들지는 못하겠다고 생각하면서도 단호한 도모의 말투에 나는 고개를 끄덕였다.

"아저씨, 알아? 병이 들면 아프잖아? 고통스럽잖아? 절대로 그렇게 쉽게 움직일 수 없지."

"그렇겠지."

"자꾸 슬퍼지기만 하니까 병이니 죽음이니 하는 이야기는 쓰지 않는 게 낫잖아? 살다 보면 병이나 죽음은 어차피 마주치게 돼. 가공의 세계에서까지 그런 걸 건드리지 않으면 좋겠어."

도모는 그렇게 말하더니 들고 있던 가린토를 접시에 내려놓았다.

이건 대답이 아니다. 그럴 리 없다. 그렇게 생각하면서도 화내는 건지 슬퍼하는 건지 모를 도모의 표정을 보니 뭔가 말을 하지 않고는 견딜 수 없었다.

"그건 그렇지. 하지만 그런 문제도 피하지 않고 쓰는 일도 소설의 역할이랄까……. 슬픔이나 부조리를 마주할 기회를 독자에게 제공한다고나 할까……."

내가 말하자 도모가 힘겹게 짜내는 듯한 목소리로 이렇게 대꾸했다.

"슬픔이나 부조리를 마주하고 싶은 사람도 있겠지. 만약 그런 걸 진짜 접해 보고 싶다면 어디든 괜찮아. 하루라도 좋아. 아니, 단 세 시간만이라도 좋으니 종합병원이나 어린이 병동에 가 보면 돼. 두꺼운 벽 너머에서도 들려오는 아이들의 비명. 부모조차 감히 대신하고 싶다는 말도 하기 힘들 만큼 고통스러워하는 아이들 모습. 살아가는 의미를 생각할 틈도 없이 태어나 바로 기계 신세를 져야 하는 갓난아기 모습. 우리 인생에서 일어나는 슬픔만으로는 부족한 사람이 정말로 있다면 당장이라도 병원에 가 보면 돼. 가슴이 찢어질 듯한 슬픔도, 신이 없다는 현실도, 자기가 얼마나 힘없는 존재인지도 지긋지긋하리만치 느낄 수 있을 테니까."

"아, 그래……. 그럴지도."

나는 어린이 병동은커녕 소아청소년과에도 가 본 적이 없다. 그래도 도모의 말만 듣고도 그런 광경을 떠올리기만 해도 괴로웠다. 누군가, 하물며 자기보다 어린 사람이 병들어 고통스러워하는 모습은 상상만 해도 숨이 막힌다.

나하고 관계없는 사람이라고 해도 죽지 않기를 바라며 고통스럽지 않기를 바란다. 특별히 착한 사람이 아니더라도 이렇게 생각하리라. 그런데 내가 그리는 세계에는 왜

죽임이나 고뇌가 나오는 걸까. 고만고만한 감동을 얻을 수 있고, 이야기를 쉽게 마무리할 수 있어서? 결코 이런 생각 때문이 아니다. 사람들이 살아가는 이야기를 쓰다 보면 현실 세계와 마찬가지로 슬픔이 찾아온다. 그뿐이다. 하지만 내가 사는 세상과 내가 쓰는 소설 사이에는 조금 차이가 있다.

우리는 괴로움을 피하려고 한다. 될 수 있으면 슬프지 않으려고 애쓴다. 다른 사람이 곤란을 멀리할 수 있도록 도와주는 일도 있다. 그러나 내가 쓰는 세계에는 그게 없다.

이런 생각이 들었다.

"이런, 내가 발끈하고 말았네. 이 가린토, 이상한 게 들어 있는 거 아니지?"

도모가 숨을 훅 들이쉬고 나서 웃어 보이며 말을 이었다.

"사실은 더 단순해."

"단순……?"

내가 물었다.

"그래. 여기 온 이유. 아저씨의 소설. 최근 두 작품 연달아 주인공이 마지막에 자살하잖아?"

"그러고 보니 그렇구나."

매번 그렇지는 않아도 등장인물이 죽는 일은 내 소설에서 흔한 일이다.

"그래서 이번에 시작된 연재도 또 죽을 것 같다고 어머니와 이야기했어."

"그래?"

도모가 예상한 대로 료스케는 이달에 목숨을 끊을 예정이다.

"두 번 일어난 일은 세 번도 일어날 수 있다느니, 설마 세 번째도 똑같겠느냐, 서로 이런 이야기를 하다가 좀 위태로운 상태 아니냐는 말이 나왔지."

"위태로워? 소설이 패턴화하고 있다는 거니?"

내가 진지하게 묻자 도모는 '설마' 하며 웃었다.

"아저씨가 소설을 어떤 방법으로 쓰건 우린 아무 상관 없어. 그게 아니라 아저씨가 혹시 죽으려는 게 아닐까 하는 말이 나온 거야. 죽음을 의식하지 않은 사람이라면 이렇게 매번 주인공을 죽이지는 않을 거라는 거지. 세 번째 주인공이 죽을 때에는 아저씨 자신이 무슨 행동을 하는 게 아닐까 싶어서. 그래서 어머니건 나건 누가 어떤 상황인지 보러 가야 한다는 이야기가 나온 거야."

"상황을 살피러? 내 상태?"

"그래. 만날 때까지는 소설가니까 섬세하고 사려 깊고 독창적인 사람일 거로 생각했지. 막상 만나 보고 나서는 뭐하는 건지 모르겠다는 생각이 들었어. 전혀 쓸데없는 걱정이었지. 아저씨는 느긋하고 자기 방식대로 사니까. 장수하실 거야."

도모가 킥킥 웃었다.

"그러니까, 결국, 내가 어두운 이야기만 써서 걱정되어 여기 온 거라는 이야기니?"

"그런 셈이지. 처음엔 근처 편의점에서 아르바이트하다 보면 아저씨와 우연히 마주쳐 상황을 알 수 있을 줄 알았는데 아저씨로 보이는 사람이 전혀 나타나지 않는 거야. 그래서 결국 집으로 밀고 들어오게 된 거지."

"정말 그 이유만으로 여기 왔어?"

25년 동안 한 번도 연락을 주고받은 적이 없는 아들이 그런 사소한 일로 아버지를 만나러 찾아오나? 만에 하나 무슨 일이 일어나지 않도록 하기 위해 자기를 방치한 아버지 앞에 모습을 드러낼까?

"그뿐이야. 난 아저씨의 다른 인격도 아니고, 아마 살아야 할 날도 한참 남았을 거야. 누군가 죽을 것 같은데 구할 방법이 내게 있다면 애써 보려고 생각하겠지. 혹시 예측이 어긋났다고 해도 말이야. 뭐 이상한가?"

도모가 가린토를 씹으며 내게 물었다.

"25년 동안 아무 일도 없었는데?"

"분명히 지금까지 한 번도 아저씨를 만날 일이 없었지. 아저씨 소설은 다 어둡지만 의외로 주인공이 계속해서는 죽지 않았었거든."

"단지 그 이유만으로 여기까지……?"

아무리 생각해도 이상했다. 나는 병에 걸리지도 않았고 죽으려고 하지도 않으며 유서를 보내지도 않았다. 도모는 소설을 읽기만 하고도 내가 걱정되어 여기까지 왔다. 만약 반대라면 나는 도모에게 갔을까?

"저어, 아저씨. 바로 앞에 있는 할머니가 넘어질 것 같으면 어떻게 할 거야?"

"그야 부축해 드려야지."

"그렇지? 누가 위태로운 상황이라면 그렇게 하려는 게

그리 희한한 일은 아니야."

"그런가?"

"그럼. 현실 세계는 소설보다 훨씬 착한 마음들로 채워져 있어. 뭐 이번은 내 착각이었지만."

도모는 그렇게 말하더니 '이 굵은 가린토 다 먹으려면 더 쌉쌀한 차가 필요하겠네'라며 자리에서 일어났다.

도모가 죽으려고 한다면 나도 말리러 갈 것이다. 그만한 행동력은 있을 것이다. 하지만 내가 알아차릴 수 있을까? 도모와 미쓰키가 소설을 읽고 내 상황을 상상했듯이, 도모의 마음을 느낄 수 있을까?

20년 동안 보내온 241장의 사진. 도모의 모습을 보며 기운을 얻은 적은 있어도 거기에 찍힌 도모의 배경에는 신경을 쓴 적이 한 번도 없었다.

"자, 차. 가린토가 점점 묵직해지네. 아, 아저씨도 드셔."

"아, 그래."

도모는 '자' 하고 건네주었다. 나는 가린토를 받아 입안에 던져 넣었다.

5시를 앞둔 하늘은 이미 어둑어둑해지고, 밤이 살금살

금 다가오고 있었다.

내가 바래다주겠다고 하자 도모는 '소설이 아니니까 역에서 손 흔들며 헤어지고 그러지 않을 거야. 여기서 헤어지면 돼'라며 현관에서 거절했다.

"아니야, 그래도."

"그래도? 아니, 차도 없고 바래다준다고 해도 걸어갈 거잖아? 그럼 나 혼자 걸어가는 거나 마찬가지야."

"그래? 마지막이라고 생각해서 바래다주려던 건데. 미안, 아무것도 해 주지 못해서."

도모와 한 달이나 지냈는데 역까지 배웅할 수도 없으니 뭔가 해 줄 일이 없어 나는 돌아보며 고개를 숙였다.

"냄비 요리도 해 주고 가린토도 사다 주었잖아."

"그렇기는 하지만, 어디 데려가거나 해야 했는데."

"나 이미 스물다섯이야. 초등학생이 여름방학에 홈스테이하러 온 게 아니라니까. 그런 건 됐어. 그리고 아저씨가 나를 받아들여 준 것만 해도 충분해. 핏줄이 이어졌을 뿐인데, 만난 적도 없는 자식을 받아들여 주었으니까."

"그런가……?"

나는 25년 동안 도모에게 아무것도 해 주지 못했다. 그리고 요 한 달 동안도 마찬가지다. 바로 앞에 아들이 있는데 별반 다를 바 없는 하루하루를 보냈다. 내 어리석음을 깨닫는 것은 늘 끝을 맞이하고 나서다. 그전에는 전혀 깨닫지 못한다.

"그렇게 우울한 표정 짓지 마. 원래 생활로 돌아갈 뿐이야. 다시 마이페이스로 소설을 쓰셔. 아, 내가 있어도 아저씨 마이페이스였나?"

도모는 이렇게 말하며 웃었다. 언제까지나 보고 있을 수 있을 듯한 아무 걱정도 없는 밝은 표정이었다.

"아니야, 예전으로 돌아가지 않아. 너를 만난 적이 없던 나와 지금의 나는 달라."

나는 웃지 않고 대꾸했다. 내일부터 웃음소리가 들리지 않을 나날이 기다린다. 쥐 죽은 듯 조용한 시간을 상상하자 몸도 마음도 왠지 푹 가라앉는 듯했다.

"원래 상태로 돌아가는 건 하나도 없어. 하지만 그건 결코 불행한 일은 아니지. 그렇잖아?"

"사세노 이쿠타로 씨 말이니?"

"아니. 단골 환자에게 나쁜 소리를 들어가면서도 기를 쓰고 다시 일어서려던 의사의 말. 그럼 나 내친김에 편의점에 들렀다가 갈게. 날이 추우니까 건강 조심해, 아저씨."

"너도."

"그럼 이만."

도모는 아주 살짝 손을 흔들고 문을 열었다. 내 목 깊은 곳에서 기다리던 말은 한마디도 제때 나오지 않았다.

"또 올 거지?"

"연락은 해 줘."

그런 말이 꼴을 갖추기도 전에 사라지고 간신히 나온 소리는 '어, 또 봐'. 그뿐이었다. 나는 집 앞길을 걸어가는 도모의 뒷모습을 지켜보고 있었다.

15

이튿날, 눈을 뜨니 상상했던 것보다 훨씬 고요한 아침이 기다리고 있었다. 낡은 가구와 계단 삐걱거리는 소리, 창을 스치는 바람 소리. 그런 작은 소리마저 또렷하게 들릴 만큼 이 집은 정적에 휩싸여 있다는 걸 알 수 있었다.

이 집에서 살았다지만 도모는 아르바이트 때문에 집을 비울 때가 많았다. 그렇지만 돌아올 사람이 있는 집과 없는 집은 완전히 다르다. 집 안의 공기, 냄새, 온도. 눈에 보이지 않는 그런 것들이 전혀 움직이지 않고 있다. 도모가 끓여 주던 것과 같은 커피인데도 맛이 없다.

조용한 것은 좋다. 일하기 딱 좋지 않은가. 이렇게 생각은 해 보지만 묵직한 공허감에 이끌려 몸도 마음도 제대로 기능하는 것 같지 않았다.

지친 걸까? 지금까지 25년 동안 혼자 살았는데 불쑥 아들이 나타나 페이스와 컨디션이 무너진 게 틀림없다. 자자. 아무것도 할 마음이 들지 않으니 잘 수밖에 없다. 마감이 조금은 걱정되지만 뭐 괜찮을 것이다. 컴퓨터를 켜 봤자 글은 풀리지 않을 게 틀림없다.

　침실로 돌아와 침대에 누운 나는 그대로 잠이 들었다. 눈을 떴을 때는 저녁이었다. 잤다고 해서 피로가 가신 것도 아니고 체력이 충전된 것도 아니다. 머리는 아침보다 더 멍하고, 기운도 없었다.

　이제 곧 밤이다. 아무것도 하지 않는 상태로 하루의 끝을 맞이하고 있는데 잠자는 일 말고는 생각이 나지 않았다. 맛없는 커피를 한잔 마시고 나는 다시 잠을 잤다.

　꿈을 꾸는 것 같기도 하고 생각에 빠진 것 같기도 한, 자는지 깨어 있는지 모를 상태로 이튿날 아침을 맞이했다.

　또 같은 아침이 왔다. 어제와 다를 것 하나 없는 아침. 그랬다. 나의 하루하루는 달력을 확인하지 않으면 언제인지 알 수 없는 단조로운 나날이 반복될 뿐이다.

　누워만 있었기 때문인지 몸이 무척 무거웠다. 다시 이불을 뒤집어쓰려다가 나는 고개를 살짝 저었다.

'아저씨, 이제 진짜 히키코모리가 되었네'라며 웃는 도모의 모습이 떠올랐다. 잠깐이라도 밖에 나가는 게 낫겠다. 몸도 머리도 움직이지 않으면 둔해지기만 한다.

나는 침대에서 일어나 커튼을 힘껏 열어젖혔다. 하지만 창밖에 보이는 것은 물기를 머금은 구름이 펼쳐진 잿빛 하늘이었다. 내 책 장정과 같은 색. 하다못해 날씨마저 내게 기운을 북돋아 주지 않는 걸까? 이래서는 밖에 나갈 의욕이 생길 리 없다.

살짝 고개를 들던 기운이 도로 수그러들어 침대로 돌아가려는데 초인종이 울렸다.

"아, 나야. 아침 일찍 미안하구먼."

얼른 받은 인터폰 너머에서 들려온 목소리에 나는 웃음이 치밀어 올랐다.

친척도 아닌데 아침 8시 전에 찾아오는 넉살 좋은 모리카와 씨 덕분에. 그 목소리나 말투로 상대가 모리카와 씨라는 걸 눈치챈 나 때문에. 그러고서 무엇보다 마음을 흔든 것은 모리카와 씨가 내게 '실례합니다'라고 하지 않고 '나야'라고 친숙하게 말하는 상대로 여겨 준다는 사실이었다.

"어젯밤에 목욕하지 않았고 오늘은 아직 세수도 못 했는데요."

나도 대담하게 잠옷 차림에 머리카락이 삐죽삐죽한 채로 현관문을 열었다.

"아, 그래. 됐어, 뭐 어때. 이거, 방금 만든 거야. 집사람이 만든 거지만."

모리카와 씨는 그렇게 말하며 커다란 병을 내밀었다.

"뭔가요?"

받아드니 묵직한 병 안에 노란 껍질이 잔뜩 든 잼 같았다.

"유자야. 올해는 많이 따서. 집사람이 잼을 만들었지."

"예…… . 어휴, 무척 많네요."

이 많은 잼을. 빵을 먹는 습관이 없는데 어떻게 다 먹을지 고민스러웠다.

"유자차로 타 먹으면 금방 다 먹어. 감기 예방에도 좋고, 머리도 맑아지지."

모리카와 씨가 말했다.

"유자차요?"

유자잼도 처음 보는데 들어 본 적 없는 차 이름이 나와 나는 고개를 갸웃거렸다.

"유자차. 이 잼을 뜨거운 물에 풀어 마시면 맛있다니까."

"잼을 뜨거운 물에…… . 찻잎은 언제 넣는 거죠?"

내가 묻자 모리카와 씨는 '거참, 잠깐 들어가도 되나?'라며 현관에서 신발을 벗었다.

"지저분하지만 들어오시죠."

내가 마루 위에 있는 물건을 치울 틈도 없이 모리카와 씨는 '우리 집보다 훨씬 깔끔하군' 하며 부엌으로 가더니 '컵 하나 꺼내 줘'라고 했다.

"아, 예."

"여기에 두 숟가락쯤 이렇게 잼을 넣는 거야."

모리카와 씨는 서랍을 뒤져 숟가락을 꺼내 잼을 컵에 넣었다. 그 순간 그윽하면서도 상큼한 향기가 퍼졌다.

"우아, 냄새가 좋네요."

"그렇지? 그리고 여기 주전자에 끓인 뜨거운 물을 붓고 저으면 끝. 자, 됐어. 한번 마셔 봐."

모리카와 씨가 권해 나는 선 채로 컵에 입을 댔다.

뭐지, 이게? 달콤하면서도 쌉싸름하고, 신맛이 나면서도 부드럽다. 몸속까지 스며드는 풍부한 맛. 차와는 전혀 다른데 주스도 아닌 부드러운 음료.

"맛있네요, 엄청나게."

내가 솔직한 감상을 털어놓았다.

"껍질도 맛있으니까 수저로 떠먹어."

모리카와 씨는 만족스러운 표정을 지었다.

"정말이네. 이 껍질 처음 먹었는데 제 몸이 원하던 맛이에요."

"마음에 들었다니 다행이군. 자주 마셔. 잼이 떨어지면 얼마든지 만들 테니까."

모리카와 씨는 내가 유자차를 마시는 모습을 지켜본 뒤에 현관을 나서며 이렇게 말했다.

"아침 일찍 찾아와 미안해."

"아뇨, 감사합니다."

"아냐, 아냐. 늙은이가 심심해서 만든 걸 떠안기는 건 폐가 되지 않을까 생각했지만 그래도 유자차는 맛있으니까. 집사람이 자꾸 갖다주라고 해서."

"잘 마실게요. 고맙다고 전해 주세요."

"그럼 또 보세."

아침 일찍 와서 그냥 유자차를 만들어 주기만 하고 돌아가는 모리카와 씨의 뒷모습을 보며 고개를 숙여 인사했다.

소설 주인공이 자꾸 죽어서 연락도 없었던 아들이 오고, 이웃 할아버지가 잼을 만들어 찾아온다. 나 같은 인간의 집에도 사람들이 편하게 찾아온다. 슬리퍼쯤은 준비해 두는 게 좋을지도 모르겠다. 보기에도 스산한 현관에 서서 나는 그렇게 생각했다.

모리카와 씨가 돌아간 뒤 너무 맛있어서 석 잔이나 마신 유자차 덕분일까? 모리카와 씨와 몇 마디 나누다 보니 머릿속이 맑아진 걸까? 몸 안에 신선한 공기가 돌기 시작해 컴퓨터를 켜니 글이 넘치듯 흘러나왔다.

연재 9회째. 죽기로 마음을 먹은 료스케는 방에서 혼자 편지를 쓴다. 편지를 보낼 곳은 없다. 그냥 죽음을 선택한 이유를 적어 나갈 뿐이다.

편지를 쓰며 지나온 날들을 돌이켜 보니 떠오르는 것은 후회뿐. 가족과 더 자주 연락을 주고받을걸. 평소 친구들과 자주 이야기를 나눌걸. 그랬으면 나는 아직 살려고 했겠지. 조금이나마 희망을 손에 쥐고 있었을 테지. 그런 생각을 억누르고 편지를 쓰고 있는데 초인종이 울린다.

보나 마나 신문 구독 권유나 무슨 방문판매겠지. 죽음을 앞둔 때에 이게 뭔가. 아니, 상대에겐 내 죽음 따위 아무런 관계도 없다. 자기 할 일을 하고 있을 뿐이다. 마지막에 이야기 나눌 상대가 아무런 관계도 없는 사람이라니, 나답다. 냉소를 지으며 계속 울려 대는 초인종 소리를 듣던 료스케는 마지못해 문을 열었는데 거기 서 있는 사람은 자주 가던 편의점 점원이었다.

"손님, 아까 우리 편의점에서 물건을 사고 이거 두고 갔죠?"

초로의 점원은 지갑을 료스케에게 내밀었다. 편지를 넣을 봉투를 살 때 가게에 깜빡 두고 온 모양이다. 죽으면 돈도 카드도 필요 없다. 그 때문인지 지갑에도 신경을 쓰지 않았던 모양이다.

"미안합니다. 그런데 어떻게 집을?"

"지갑 안에 있는 면허증. 자주 오시기 때문에 근처일 거라고는 생각했지만, 집까지는 몰라서요. 허락도 받지 않고 지갑을 뒤져서 미안해요."

점원은 그렇게 말하더니 '그리고 이것도'라며 료스케에게 비닐봉지를 내밀었다.

"뭐죠?"

받아든 봉투에는 스포츠 음료 세 개가 들어 있었다.

"요즘 왠지 손님 안색이 좋지 않아서요. 감기라도 걸린 게 아닌지 걱정이 되어 오는 김에."

점원은 그렇게 말하더니 '그럼 이만' 하며 돌아섰다.

스포츠 음료라. 어렸을 때 몸이 좋지 않으면 어머니가 자주 사 주었다. 중학교 체육대회 때 친구가 나누어 준 적도 있다. 고등학교 배구부 시합 때도 동아리 비용으로 이 스포츠 음료를 사 주어 마셨다. 내가 산 적은 한 번도 없는 음료수. 하지만 나는 그 맛을 잘 기억한다. '괜찮아?', '기운 내', '파이팅'. 그리고 이 음료에 따라다니던 말들을 나는 기억한다.

스포츠 음료를 다 들이켜자마자 료스케는 쓰던 편지를 찢어 버렸다.

중간에 한숨도 쉬지 않고 끝까지 써 내려간 나는 힘껏 기지개를 켰다. 거침없이 써 내려갔기 때문인지 머리도 마음도 가볍다.

그렇지만 이런 이야기는 나답지 않다고 편집자가 퇴짜를 놓치나 않을까? 현실은 그리 만만하지 않다고 비웃음을 사게 될까?

죽음을 선택하는 사람이 있을 만큼 현실은 힘들다. 안타깝지만 이건 사실이다. 그래도 사람은 누군가에게 손을 내밀고, 그 손에 닿는 덕분에 구원을 얻을 때도 있다.

인간 본질을, 마음 깊은 곳에 있는 고뇌를 그리고 있다는 얼토당토않은 칭찬을 받으며 나는 그동안 일부러 어둠을 만들어 냈다. 그래서 이 방에서 아무도 만나지 않고 누구와도 이야기하지 않고 글을 쓰다 보니 그게 내가 만들어 낸 진실이 되어 있었다. 그렇지만 나는 안다. 바로 앞에 있는 세상은 더 밝고 아름답다는 사실을. 편집자가 안 된다고 해도 더는 현실과 동떨어진 이야기를 쓸 수는 없다.

다음 달 탈고 예정인 이 소설의 결말은 완전히 바뀌지만 뭐, 괜찮다. 나는 크게 심호흡하고 출판사에 원고를 이메일로 보냈다.

편집부에서 받아들이느냐는 나중 문제고, 일단 일은 끝났다. 처음인데도 가장 맛있게 만드는 방법을 완전히 익힌 유자차를 마시며 느긋하게 쉬고 있는데 이메일 착신음이 들렸다. 원고를 보낸 지 1시간도 채 되지 않아서였다. 답장은 늘 이튿날 오는데, 훑어본 편집자가 깜짝 놀라 다시 써 달라는 이메일을 보낸 것이리라.

이렇게 생각하면서 이메일을 열었다. 거기에는 이렇게 적혀 있었다.

'요즘 작품이 패턴화하고 있어 염려했는데 아주 좋습니다. 교정지를 다음 주 안으로 보내겠습니다.'

다행이다. 내 마무리가 받아들여졌다. 마음이 놓이자 나는 갑자기 배가 너무 고팠다. 벌써 저녁이 가까웠다.

어제는 종일 잤고, 오늘은 유자차만 마시며 일했다. 배속은 텅 빈 상태나 마찬가지다. 뭘 좀 먹고 싶다. 그것도 제대로 된 맛이 나는 음식을. 맞아, 그거다. 좋아하는 걸 사러 갈까?

나는 점퍼를 입고 지갑을 주머니에 찔러 넣은 뒤 힘차게 문밖으로 걸음을 내디뎠다.

4시가 조금 지난 시각, 늦은 오후의 부드러운 햇살이 주택가를 감싸고 있다. 추위가 조금 누그러진 듯한 부드러운 빛. 희미하게 흘러나오는 소리와 냄새 덕분에 스쳐 지나가는 집들이 저녁밥을 짓고 목욕 준비를 하며 밤을 맞을 준비를 하고 있다는 걸 알 수 있었다. 분주하고 따스한, 편안한 시간이나.

"아, 잘 지내시나? 난 도모가 새로 생긴 가게로 옮겨서 곤란하네."

편의점 안으로 들어서자마자 사세노 씨가 이렇게 말을 건넸다.

"아, 저어, 전에는 제 아들이 신세를 많이 졌습니다."

"아뇨, 아니에요. 나야말로 도움을 많이 받았지. 가라아게쿤 사려고?"

인사하는 나를 보며 고개를 젓더니 사세노 씨가 이렇게 물었다.

"예. 뭐, 그렇습니다. 그런데 어떻게 아시죠?"

"아버지가 좋아한다는 이야기를 도모가 자주 했으니까. 자, 한 팩은 덤."

사세노 씨가 '비밀이야'라며 웃었다.

"이렇게 더 주셔도 괜찮으세요?"

"괜찮아, 괜찮아. 어서 가서 식기 전에 드셔."

"감사합니다."

작은 봉지를 받아들고 나는 귀가를 서둘렀다.

누가 다가오면 상처를 입기도 하고 상처를 주기도 한다.

내 페이스대로만 나아갈 수 없게 되고, 별다른 생각 없는 상대의 행동 때문에 불안에 휩싸일 수도 있다. 남들이 나를 어떻게 볼지 신경이 쓰이고, 또 나 같은 건 아무도 쳐다보지 않는다며 지독한 자의식에 빠져 창피해한다. 내 가치가 어느 정도인지 무의미한 신경을 쓰며 우월감이나 열등감에 휩싸이고 만다.

혼자 살면 그런 추한 것들은 모두 끊어 낼 수 있다. 스트레스도 없고, 기분 나쁜 감정도 생기지 않아 마음은 깨끗하고 평온하다. 하지만 이렇게 기쁜 마음은 혼자 살면 맛볼 수 없다.

한 팩을 덤으로 받은 가라아게쿤. 그것만으로도 왜 이리 신이 나는 걸까.

식탁에 가라아게쿤과 유자차를 내려놓았다. 영양도 부족하고 모양새도 균형이 맞지 않는다. 좋아하는 것만 차린 식탁. 나는 아들만이 아니라 나 자신도 잘 챙기지 못하는 모양이다.

"좋았어. 이제 먹어 볼까?"

나는 잘 먹겠다며 두 손을 모은 뒤, 바로 가라아게쿤을 베어 물었다.

16

이튿날은 오래간만에 날이 맑게 개었다. 구름 한 점 없고 푸르스름한 하늘이 활짝 펼쳐진 하늘.

원고를 출판사에 보낸 뒤, 교정지가 올 때까지는 일에서 벗어날 수 있는 시간이다. 시계는 아직 10시 조금 지난 시각. 자, 이제 뭘 할까?

일을 마친 만족감과 맑게 갠 하늘. 게다가 아침부터 마신 유자차 덕분에 몸이 가뿐했다. 모처럼 외출해 볼까? 편의점, 역 앞 쇼핑센터. 떠오르는 목적지는 모두 반경 3킬로미터 이내. 새삼 내 행동 범위가 얼마나 좁은지 깨달아 어처구니가 없다. 아니, 사실은 가고 싶은 곳이 있다. 왜 지금까지 한 번도 가려는 생각이 들지 않았을까? 왠지 소원해져, 그게 당연해져 버린 곳. 도모와 마찬가지로 20년 넘는 세월이 흐른 지금, 나도 내 부모님을 만나 보고 싶었다.

내가 사는 집에서 버스로 역까지 나와 20분쯤 전철을
타고, 특급열차로 갈아타고 한 시간. 특급은 멈추지만 이
용하는 승객이 별로 없는 작은 역. 거기서 택시를 타면 10
분쯤 걸리는 곳에 부모님이 계신다. 2시간도 걸리지 않는
거리인데 너무 멀어지고 말았다.

대학에 들어가자마자 나는 집에서 나와 혼자 살기 시작
했다. 마지막으로 부모님을 찾아뵌 것은 대학 졸업식 전.
그 뒤로 28년 동안 부모님을 만나지 않았다. 처음에는 어
머니가 일방적으로 보내던 엽서와 전화도 20년 가까이 끊
어졌다. 지금은 한 해에 한 번 누나가 보내는 연하장을 통
해 부모님이 잘 지내신다는 사실을 알게 될 뿐, 만나지 않
고 소식을 주고받지도 않는 일에 완전히 익숙해져 버렸다.

올해로 아버지는 80세, 어머니는 78세가 되셨을 것이
다. 어른이 나이가 들어갈 뿐이니 그리 큰 변화는 없다고
해도 적지 않은 나이다. 아버지가 정년퇴직한 뒤에 생활은
어떻게 하실까?

택시 창밖으로 보이는 풍경은 28년 전과 그리 다를 바 없

었다. 역에서부터 시작되는 밭과 주택, 가게들이 어지럽게 늘어선 오래된 거리는 빈터가 조금 늘어났을 뿐, 옛날 그대로였다. 초등학교에 다닐 때 자주 놀던 동급생 집도, 중학교 시절에 드나들던 책방도 같은 곳에 그 모습으로 서 있었다.

"아, 여기서 내립니다."

나는 본가 앞에서 택시를 내려 집을 바라보았다. 검은 기와지붕에 회색 담장. 입구에 심은 층층나무. 흠집과 녹이 군데군데 보이지만 여기 살던 무렵과 전혀 다를 바 없었다. 다만 번듯해 보이던 집은 지금 내가 사는 집보다 훨씬 작다. 크기가 이렇게 작았나 싶어 묘한 기분이 들었다.

그런데 어쩌지? 현관 초인종 앞에 서자 내 손가락은 딱 멈추고 말았다. 전철을 갈아타기만 하면 됐으니 여기까지는 그냥 올 수 있었다. 하지만 실제로 부모님을 만나려고 하니 면목이 없어 문턱이 높게 느껴졌다. 28년은 너무 긴 세월이었다.

갑작스러운 방문에 아버지나 어머니나 깜짝 놀라겠지. 대체 무슨 일이냐고 의아하게 여길 테고, 무슨 일이 있나 싶어 당황할지도 모른다. 내 불효를 용서하지 않을 테고, 무엇보다 나이를 먹은 내 모습 때문에 바로 알아차릴 수 있으려나? 소설을 쓰고 있다는 이야기, 혼자 살고 있다는 이야기, 아들은 있다는 이야기. 나는 아무것도 알려드리지 않았다. 그리고 마찬가지로 부모님 안부에 마음을 쓰지 않았다. '인제 와서 뭐야' 이 한마디밖에 하지 않으셔도 어쩔 수 없다.

"아저씨가 나를 받아들여 준 것만 해도 충분해. 핏줄이 이어지기는 했어도 만난 적 없는 자식을 받아들여 주었으니까."

집 앞에서 불안에 휩싸인 나는, 돌아갈 때 이렇게 말하던 도모를 떠올렸다.

어머니와 아버지는 나와 핏줄이 이어졌을 뿐만 아니라 어른이 될 때까지 키워 주셨다. 우리는 18년을 함께 지냈다. 도모와 달리 나는 착한 아들이라고는 할 수 없지만 설마 거부당하지는 않으리라. 여기까지 와서 머뭇거려 봤자 무슨 소용인가. 나는 마음을 다지며 초인종을 힘껏 눌렀다.

"어머나, 이게 누구야? 마사키치잖아?"

나를 알아봐 주실까 하는 걱정은 기우였다. 문을 연 어머니는 바로 내 이름을 불렀다.

"예, 오래간만이에요……."

그 자리에 얼어붙은 어머니를 보며 되레 내가 당황했다.

"그래, 그래. 어서 들어와라. 여보, 마사키치가 돌아왔어."

"아니, 마사키치? 어이구, 이런. 오래간만이로구나. 아, 미안, 미안. 요즘 허리가 아파서 몸을 편하게 움직이지 못해."

아버지는 현관까지 나오시더니 눈을 가늘게 뜨며 내 얼굴을 바라보았다.

아버지도 어머니와 마찬가지로 내가 불쑥 나타나자 놀라기는 했지만 상상했던 반응과는 전혀 달랐다.

"미리 연락 좀 하지 그랬니. 어서 들어와서 편히 앉아."

"아, 예."

나이를 먹으면 자기 몸을 일으키는데도 이렇게 느긋할 수 있는 걸까? 나는 아버지의 말에 따라 다다미 깔린 방으로 들어갔다. 이 집에서 가장 넓은 방. 다다미는 바꾼 것 같지만 높은 책꽂이나 나뭇결을 그대로 살린 느티나무 탁자도 예전 그대로였다.

"올 줄 알았으면 뭘 좀 준비했을 텐데. 점심은 먹었니? 우동이라도 끓일까?"

78세가 된 어머니는 가까이서 보니 나이가 느껴졌다. 그렇지만 등은 꼿꼿하고 바지런히 움직이는 모습, 또렷한 말투는 예전과 마찬가지였다.

"아뇨……. 됐어요. 배 안 고프니까."

나는 살짝 고개를 저었다.

28년 만에 돌아온 것을, 연락조차 하지 않았다는 걸 아버지나 어머니도 잊고 지냈을까? 나이가 들어 두 분 모두 온화해졌다고 하더라도 이토록 아무렇지도 않게 나를 받아들일 수 있는 걸까?

"너무 오래 찾아뵙지 못해서……."

내가 어렵게 입을 열었다.

"그렇게 서 있지 말고 앉아라."

어머니는 테이블에 차를 내려놓으며 말했다.

"아, 예."

나는 가방을 구석에 내려놓고 앉았다.

"너도 이제 완전히 애아버지로구나."

맞은편에 앉은 아버지도 내 모습을 빤히 바라보았다.

"예……, 잘 지내셨어요?"

"그래. 뭐, 이렇게. 허리가 아픈 것만 빼면 아직 정신도 멀쩡하고 잘 지낸다. 머리카락은 백발이 되었지만."

아버지는 완전히 하얘진 머리카락을 손가락으로 가리키며 웃었다.

"이웃에서 가져다준 센베이가 있어. 네가 좋아하던 거. 먹을래?"

아버지가 깡통 뚜껑을 열었다.

아버지나 어머니나 한 달 전에 나를 보았던 것처럼 대해주었다. 꾸짖지 않아 마음은 놓였지만, 그냥 이 분위기에서 센베이를 집어먹기는 쑥스러웠다. 28년이라는 세월은 하찮게 여길 시간이 아니다.

"28년 동안 연락도 하지 않다가 이제야 돌아와서 면목이 없어요."

나는 불효를 사죄하며 고개를 숙였다.

그러자 만두를 얹은 접시를 내 앞에 놓던 어머니가 고개를 갸웃거렸다.

"28년? 그렇게 오래 얼굴을 못 보았었나?"

"그러고 보니 그렇게 되었군. 마지막으로 본 게 마사키치가 대학생일 때였으니까. 세월이 제법 흘렀지."

아버지도 햇수를 헤아리더니 '꽤 오래되었구나' 하며 감탄했다.

두 분에게 28년은 그토록 별것 아닌 세월이었을까? 내가 어떤 상황인지 걱정도 하고, 내 버릇없는 행동에 화가 나시지는 않았을까? 아니면 너무나도 긴 세월이기에 나는 없는 자식이나 마찬가지로 여기신 걸까? 내가 궁금해하는데 어머니가 입을 열었다.

"그야 미쓰키짱에게 네 소식을 듣고 있었으니 오래간만이라는 기분은 들지 않아서."

"미쓰키짱?"

"그래, 미쓰키짱. 말재주가 좋아서 너하고 만난 느낌이 들더구나. 뭐 우리야 며느리와 손자가 잘 지낸다면 더 바랄 게 없으니까."

아버지도 이렇게 덧붙였다.

"미쓰키짱이라니?"

"미쓰키짱이 미쓰키짱이지 누구야? 넌 어떻게 부르냐?"

내가 되묻자 어머니는 미간을 찌푸렸다.

"아니, 그 미쓰키가 그 미쓰키를 말하는 건가?"

"그 미쓰키라니, 그게 무슨 소리냐? 미쓰키짱이 늘 이야기했듯이 소설가는 정말 이상하구나."

아버지는 이렇게 말하며 웃었다.

미쓰키가 여기 왔었던 모양이다. 어머니와 아버지가 자연스럽게 이름을 부를 정도이니 한두 번이 아니었으리라. 대체 뭐하러, 왜, 언제부터?

"……미쓰키는 왜? 어째서?"

어디선가 바람이 솔솔 들어오는 낡은 집은 썰렁해서 춥다. 나는 차를 한 모금 마시고 나서 다시 물었다. 심장이 쿵쿵 뛰기 시작했다.

"어째서라니?"

"아니, 여기서 뭘 한 건가 싶어서……."

"너 아무것도 몰라?"

"아, 뭐, 자세하게는……. 미쓰키는 언제부터 여기에?"

"정말 미쓰키짱이 이야기한 대로 사는구나."

내가 질문을 하는데 어머니는 어처구니없다는 표정을 지으면서 미쓰키 이야기를 하기 시작했다.

미쓰키는 도모가 다섯 살이 되었을 때부터 한 달에 한 번 이 집으로 찾아왔다. 처음에는 아버지나 어머니나 깜짝 놀랐지만 나를 꼭 닮은 도모와 미쓰키의 명랑한 성격 탓에 금방 받아들이게 되었다고 한다. 미쓰키는 늘 자질구레한 이야기를 이것저것 들려주며 저녁을 함께 먹고 돌아갔다고 한다. 그뿐이다. 도모가 어른이 된 뒤로는 두세 달에 한 번씩 들렀는데, 요즘도 둘이 함께 찾아온다고 한다.

"미쓰키짱은 네가 특별한 일을 하니 호적에 올리지 않았고 함께 살지도 않으며, 거의 만난 적도 없다고 하더라만. 생각보다 더 나 몰라라 하는구나. 미쓰키짱이 이런 관계도 소중하고, 너 하는 일에 지장이 있어서는 안 되니까 네겐 아무 말도 하지 말라고 귀에 못이 박이게 이야기해서 잠자코 있었다만 나 같으면 그렇게 살기 싫지."

어머니는 한숨을 푹 내쉬었다.

"미쓰키가 무슨 이야기를 했는데요?"

"무슨 이야기? 우리가 한 건 도모 이야기뿐이야. 손자 이야기라면 뭐든 즐거우니까 그렇지. 내 나이가 되면 아들보다 손자가 더 예뻐."

아버지가 밝은 표정으로 말했다.

"한 달에 한 번 도모를 만나는 게 즐거움이었으니까. 손자는 눈에 넣어도 아프지 않다더니 정말이더라. 게다가 도모가 예쁜 소리만 골라서 하니……."

어머니도 이렇게 말하면서 '이런 이야기를 하면 할머니, 나도 다 컸다니까 하며 도모가 웃을 거야'라며 어깨를 으쓱했다.

"그래서, 내 이야기는……? 뭐라고 했어요?"

도모가 예쁘다는 건 이해가 간다. 지금 봐도 예쁘다. 도모가 어렸을 때 함께 살았다면 즐거워 어쩔 줄 몰랐으리라. 하지만 미쓰키나 아버지 사이에서 나란 존재는 어떻게 되어 있었던 걸까? 미쓰키에게 나는 용서할 수 없는 인간이 아니었을까?

"네 이야기는 거의 직업 이야기뿐이었나? '이번에는 이런 이야기를 연재하고 있어요' 하고 알려 주었어. 처음엔 우리도 네가 쓴 소설을 읽었는데 어렵더구나. 7, 8권째부터는 미쓰키짱이 들려주는 줄거리를 듣고 내용을 알게 된 셈이지."

아버지가 이렇게 말했다.

20년 동안 한 달에 한 번 내 부모를 찾아와 신세 한탄을 늘어놓은 것도 아니고, 그냥 시간을 보냈을 뿐이라니.

미쓰키의 목적은 무얼까? 내가 양육비를 보내지 않을 때를 대비한 보험? 언젠가 부모님에게 내 이야기를 털어놓기 위해서? 아니, 그런 한심한 이유는 아닐 것이다.

미쓰키는 손자라는 존재가 내가 찾아뵙지 않는 어머니와

아버지에게 큰 기쁨이 될 거라는 사실을 알았으리라. 그리고 도모에게 될 수 있으면 더 많은 가족이 있다는 걸 알려주려고 애쓴 게 틀림없다. 어쩌면 언젠가 내가 여기 돌아왔을 때 완전히 인연이 끊어진 장소가 되지 않게 하려고……. 241장의 사진과 함께. 내가 모든 것으로부터 단절되지 않도록 가느다란 실을 이어 주고 있었던 건지도 모른다.

"나를 어떻게 생각했던 걸까?"

나는 혼자 중얼거렸다.

"우스운 애로구나. 인제 와서 미쓰키짱이 널 어떻게 평가했는지 신경이 쓰여? 아내와 아들도 있는데 혼자 일을 하며 지낸다니, 나는 말도 안 된다고 생각했는데 미쓰키짱은 네가 데뷔했을 때부터 네 팬이라서 소설을 읽는 것만으로도 충분하다더라."

어머니가 이렇게 대꾸했다. 그러자 아버지도 고개를 끄덕이며 말했다.

"그런 가정환경인데 괜찮을지 걱정은 했지만 도모가 그렇게 착하게 자라는 걸 보았으니 정답이었겠지."

"도모. 아아, 그렇지."

도모가 착하게 자랐다는 점에는 이론이 없다.

"널 똑 닮았어."

"그런가요……?"

"그래. 너처럼 책만 읽어. 손자까지 작가가 되면 곤란하다고 미쓰키짱과 걱정했을 정도니까. 뭐, 책 좋아하니 국어 선생님이 되었을 테지."

아버지가 이렇게 말했다. 내가 '국어 선생님?' 하고 되물었다.

"아니, 너. 그것도 몰랐어?"

어머니는 '너 정말 너무하는구나'라며 머리를 감쌌다.

"하지만 편의점에서……."

"그건 요즘 이야기이고. 도모가 근무하던 중학교에서 담임을 맡았는데 바로 그 반 학생이 죽었잖아. 원래 병에 걸려 입원했던 학생이기는 했지만. 도모는 그 뒤로 내내 툭하면 우울해져 학교를 그만두고 집에 틀어박혔어. 여기도 겨우 올 정도로. 미쓰키가 히키코모리나 마찬가지라며 걱정했지. 다들 어떻게 하나 걱정했는데, 1년쯤 전부터 조금씩 아르바이트를 시작한 모양이야."

"그랬구나……."

체육관을 정리하는 솜씨가 예사롭지 않았고, 자치회나

지역 시스템을 잘 알고 있는 것도 학교에 근무했기 때문이리라.

어린이 병동을 슬픈 얼굴로 이야기하던 도모. 가을 축제에서 아이들을 상대로 즐겁게 어울리던 도모. 나는 도모는 물론 미쓰키도 너무 모른다.

"그랬구나라니. 설마 몰랐던 거냐? 미쓰키가 쓸데없는 소식은 전하면 일에 영향을 주니 아무 말도 하지 않는다고 하기는 했지만……. 그래도 눈치는 챘겠지? 자식이 어떤 상황이었는지 정도는 함께 살지 않아도 알잖아."

어머니의 목소리가 뾰족해졌다.

그것도 눈치채지 못하는 게 나다. 그것도 모르는 게 나다. 만나지 못했으니 알 길이 없었다고 할 수는 없다. 나는 알려고 하지도 않았고, 마음을 쓰려고 하지도 않았다. 양육비만 주고 신경 쓰지 않으면서도 마음에 걸려 하지 않았다. 그런 내가 끔찍하다.

"마사키치가 무사태평하고 자기 나름의 방식으로 살아가는 건 옛날부터 그랬으니까. 그리고 도모라면 또 뭔가 하지 않겠나? 건강하게 웃으며 지내기만 한다면 무얼 하건 상관없지. 정말 착한 아이로 키웠어. 네 최고 걸작은 네 자식이야."

아버지는 분위기를 바꾸려는 듯 가벼운 말투로 이야기 했다. 하지만 나는 '전 아무것도 하지 않았어요'라며 고개를 저었다. 도모는 내 걸작이 아니다.

"아비란 원래 그런 면이 있으니까. 실은 나도 마찬가지다."

아버지는 이렇게 말하며 웃었다. 하지만 나는 다르다. 나는 정말로 아무것도 하지 않았다. 태어난 순간 기뻐하지도 않았고, 커 가는 모습을 지켜보지도 못했다. 슬픔을 달래 주지도 못했다. 그 어느 것도 손을 놓고 살았다.

"그렇지 않아요……. 전, 정말 아무것도."

"됐어. 도모가 네 소설을 읽으며 자랐으니까. 그거야말로 아버지의 뒷모습을 보며 자란 거나 마찬가지지."

아버지가 조용히 말했다.

"그런 어두운 소설로……."

나는 어머니가 방금 데워 왔지만 식욕이 당기지 않는 만두 포장을 살며시 덮었다. 지금은 아무것도 목에 넘길 수 없을 것만 같았다.

"분명히 네 소설은 읽기 힘들고 꺼림칙해. 그래도 희미한 희망이 있잖아? 난 꽤 좋아해."

어머니가 이렇게 말해 주었다. 하지만 나는 고개를 갸웃거렸다.

"그런가요?"

내가 쓰는 작품에 희망 같은 게 있었던가? 어둠의 밑바닥에서 꿈틀거리는 출구 없는 이야기가 대부분이다.

"미쓰키짱이 들려주는 줄거리는 어둡지만 늘 어디선가 빛이 보이더라. 모두 듣기를 잘했다는 생각이 드는 줄거리뿐이었어. 바로 너처럼."

"아, 맞다. 작품에는 어느 부분에선가 글쓴이의 모습이 드러나기 마련이잖니? 소설을 읽으면 네가 생각하는 걸 알 수 있을 것 같은 기분이 들지."

어머니와 아버지가 이렇게 이야기했지만 나는 그만하라고 외치고 싶었다.

나는 아직 정말로 쓰고 싶은 이야기를 쓰지 않았다. 소설에 스며 나오는 것은 진짜 내가 아니다. 줄과 줄 사이에서 억지로 어렴풋한 희망을 끄집어내지 않아도 되고, 어휘의 의미를 빛으로 가득 찬 것처럼 다듬지 않아도 되는 그런 소설을 읽게 해 드리고 싶다.

"이러니저러니 해도 도모라는 이름, 네 소설을 읽고 붙인 걸 테지? 무척 많은 생각을 하고 지은 거 아니냐?"

아버지가 말했다.

"소설에서요?"

"미쓰키짱이 그러던데."

"소설……?"

나는 바로 책꽂이 앞에 섰다. 내가 쓴 작품이 발행 순서대로 꽂혀 있었다.

"전부 다 있지. 역 앞에 있는 서점에 예약해서 산단다."

어머니의 말에 '감사합니다'라고 하면서 책을 뽑아 들었다.

데뷔작, 주인공 이름은 유사쿠이고, 애인은 가나. 다른 등장인물 가운데도 이름이 도모인 사람은 없다. 이 소설을 보고 이름을 지은 것은 아닌 듯하다.

두 번째 작품은《너를 알게 되는 날(君を知る日)》.

도모는 '이 소설은 내 뿌리 같은 면이 있어서 마음에 든다'라고 했다. 전보다 더 꼼꼼하게 살펴보았다. 주인공 이름은 가케루. 등장인물은 사치와 노조미 그리고 소타…….

페이지를 넘겨도 도모라는 이름은 나오지 않는다. 아니다.

그게 아니다. 나는 책을 덮고 표지를 들여다보았다. 아들의 이름은 제목에 나오는 한자를 합치면 만들어진다.

"저, 갑자기 가야 할 곳이 생각났어요."

나는 가방을 집어 들면서 말했다.

"갑자기 찾아오더니 또 무슨 일이냐?"

어머니가 얼굴을 찌푸리셨다.

"금방 또 올 거예요."

그렇다. 여기는 언제든 올 수 있는 곳이다. 생각이 났을 때 가야 한다.

내일이 더 멋지다는 사실을 넌 내게 가르쳐 주었어. 오늘은 분명히 너를 알게 되는 날이 될 거야.

나는 문을 열고 거리로 달려 나갔다.

....

4월 28일, 일요일. 6시가 조금 지난 시각의 느긋한 저녁 햇살이 창문으로 흘러들어 왔다.

식탁에 놓인 음식은 모리카와 씨가 준 모시조개를 넣고 지은 밥, 야마우라 씨가 히로시마 여행을 다녀오며 사 온 붕장어 초밥, 그리고 미요시 씨 부인이 처음 도전해 보았다는 파에야였다. 도모는 '순 쌀로 만든 음식뿐이네'라고 할 테지만 어쩔 수 없다. 봄이기 때문이다.

모리카와 씨 부인이 손수 만들어 준 식탁보를 깔고, 그 위에 다케다 씨가 도예교실에서 만들었다는 컵을 놓았다. 사람마다 기호가 다 다르니 식탁 위의 모습은 통일감이 없었다. 이제 슬슬 도모에게 거절하는 방법을 배우지 않으면 우리 집은 수습할 수 없게 될 것 같다.

시계는 6시 15분을 가리켰다. 이제 시간이 다 되었구나 하며 현관 쪽으로 걸어가는데 초인종이 울렸다.

"아저씨가 저녁 식사는 신경 쓰지 말라고 해서 가라아게 쿤만 사 왔어."

도모는 들어오자마자 눈에 익은 편의점 봉투를 내게 내밀었다.

"중요한 거니까 까먹기 전에 먼저 돌려줘야지."

미쓰키는 봉투를 조심스럽게 내밀었다.

"아, 아아. 음, 그, 이리로……."

봉투와 가라아게쿤을 손에 든 내가 안으로 안내하자 두 사람은 킥킥 웃으며 다이닝룸으로 들어왔다.

네 번째인데도 현관 앞에서 마주하는 이 순간은 도무지 익숙해지지 않는다. '안녕?'이란 인사는 너무 뻔하고, '환영합니다' 하면 너무 거창하다. 이럴까 저럴까 헤매다가 결국 늘 변변한 인사도 못 하고 맞이하게 된다.

"와아, 엄청 많이 차렸네."

식탁을 본 도모가 소리쳤다. '정말이네. 엄청 많이 차렸어'라며 미쓰키도 감탄했다.

"그렇지. 자, 앉아. ……그런데, 소설, 어땠어?"

두 사람에게 식탁 앞에 앉도록 권하자마자 내가 묻자 도모는 미간을 찌푸렸다.

"늘 이야기하지만 맨 처음에 하는 말. 잘 지냈냐라거나, 요즘 일은 어떠냐 하는 식으로 먼저 최근 한 달 근황을 묻는 게 보통이잖아?"

"그래도 궁금한 걸 먼저 정리해 두지 않으면 신경이 쓰여서."

"그야 그렇겠지. 음, 뭐, 소설은 좋았어."

미쓰키는 지난달과 같은 감상을 이야기하더니 '조금씩

집 안이 화사해지네'라며 방을 둘러보았다.

"도모는 어땠니? 이번 회 이야기는 너와 같은 세대 젊은 이가 주인공이니 생각나는 게 있지 않겠어?"

미쓰키의 감상은 너무 착하다. 나는 도모에게 질문을 던졌다.

"그거? 내가 그랬었잖아? 난 이번 달 바빠서 읽지 못했다고. 그런데 가만히 보니 저녁 식사가 모두 쌀이야."

"아, 그랬지. 그럼, 너는 지난달에 읽고 다음 회가 궁금하지 않았어?"

읽지 않았다는 선택지도 있다. 아무래도 내가 충격을 받았는지, 목소리에 힘이 빠졌다.

"특별히 궁금하지는 않았었나? 아, 마지막 회는 꼭 읽을게."

이렇게 말하는 도모를 '그건 실례지'라고 꾸짖으며 미쓰키는 '차 준비할게' 하며 부엌으로 갔다.

올해부터 내가 미쓰키에게 보내게 된 것은 10만 엔의 양육비가 아니라 잡지에 실리기 전 상태의 원고였다. 그리고 사진이 오는 대신 도모와 미쓰키가 월말 일요일에 이 집으로 찾아오게 되었다.

소설을 읽은 감상을 이야기하러 오는 셈인데 두 사람으로부터는 '뭐 그 정도면 괜찮잖아?', '응, 재미있었어' 정도의 이야기만 들었을 뿐 참고가 될 만한 의견은 아직 듣지 못했다.

그날, 본가를 뛰쳐나온 나는 미쓰키를 찾아가려다가 깜짝 놀랐다. 25년 동안 매달 보내 준 봉투에 주소가 적혀 있었을 텐데, 나는 미쓰키의 주소를 기억하지 못했다. 내 무관심이 너무 두려워졌다. 주소를 알아볼 시간이 아까웠고, 일단 주소를 확인하러 집에 돌아가면 그대로 발걸음이 멈추게 된다. 지금 이 마음 상태가 아니면 미쓰키를 만날 수 없다. 그렇게 생각한 나는 바로 도모가 아르바이트하는 역 앞 편의점을 찾아갔다. 미쓰키와 만나려는 나를 도모도 응원해 주리라.

역 앞 편의점에서 도모를 찾기는 했어도 너무 바빠 말을 걸 상황이 아니었다. 과자를 하나 들고 줄을 서서 계산기를 두드리는 도모에게 '미쓰키와 너하고 이야기하고 싶어'라고 했더니 '난 소설가가 아니라서 근무시간에 업무 외 잡담은 할 수 없어'라고 했다. 결국 '아니야, 이야기해야 해. 중요한 이야기가 있어서 그래'라며 매달렸지만 '조만간 어머니랑 아저씨 집에 갈게. 자, 잔돈. 뒤에 있는 손님에게 폐 끼치지 마셔'라며 무시했다.

용기를 내어 작심하고 움직여도 이야기가 소설처럼 드라마틱하게 풀리지는 않는다. 현실은 우스꽝스럽고 답답하다.

그 보름 뒤에 도모와 미쓰키가 찾아왔다. 어머니와 아버지를 다시 만났을 때는 25년이란 세월이 느껴지지 않았는데, 미쓰키는 많이 변해 있었다. 처음 만났을 때는 속이 없고 외모만이 장점이라는 느낌이었다. 하지만 눈앞에 나타난 미쓰키는 화장기도 없이 수수한 정장을 입어 겉치장에 신경 쓰지 않는 듯했다. 여전히 이목구비가 또렷해 예쁘기는 했다. 그렇지만 느긋한 분위기를 풍기는 미쓰키는 예전과 전혀 다른 사람 같았다.

"자식을 혼자 키우다 보니 이렇게 되었어. 나 자신은 나중으로 미루다 보니 훌쩍 늙었네. 역시 관리를 해야만 하겠지."

미쓰키는 눈초리에 자글자글한 주름을 잡으며 호쾌하게 웃었다.

25년이라는 시간도, 내가 한 짓도, 모든 걸 날려 버릴 듯 힘차게 웃는 얼굴. 혼자서 도모를 키웠다. 어린 나이에 갑자기 엄마가 되었다. 당연히 고생했을 테고, 괴로움이나 안타까움도 있었으리라. 그런데 그런 추측을 허락하지 않는, 그늘 한 점 없이 웃는 얼굴. 내가 이렇게 웃을 수 있으려면 얼마만 한 경험이 필요할까?

'새삼스럽지만 나도 뭔가 하고 싶어. 뭐든 하게 해 줘'라고 하자 '도모도 독립했고, 힘든 일 없어'라며 바로 물리쳤다.

그 뒤로 내 소설이 좋아서 그날 술자리는 가슴이 두근두근했다는 이야기. 하지만 몇 번 만나다 보니 내 본성에 완전히 마음이 식었다는 이야기. 그래도 소설만은 여전히 좋아해서 계속 읽었다는 이야기를 미쓰키로부터 들었다. 그러다 보니 내가 쓴 소설을 두 사람에게 제일 먼저 보여 주는 것이 우리의 새로운 계약이 되었고, 원고를 보낸 뒤 일요일에 두 사람이 이 집을 찾아오게 되었다.

"자, 먹지."

미쓰키는 차를 각자의 컵에 따르더니 자리에 앉았다.

"잘 먹겠습니다. 그런데 용케 이런 쌀 요리만 모았네."

"응, 오늘 올해 첫 번째 반장 모임에 나가서 자치회 사람들을 만났거든. 다들 이것저것 주는 바람에……."

"아저씨, 반장 모임에서 얼마나 탐내는 표정을 지었던 거야? 아니, 그런데 반장이 되었다니. 엄청 출세했네."

도모는 '잘했어' 하며 박수까지 쳐 주었는데, 출세고 뭐고 5반에서 반장을 해 본 적이 없는 사람은 자치회에 가입한 지 얼마 되지도 않는 나뿐이라, 순서가 돌아와서 맡았을 뿐이다. 그렇게 변명하는 내게 미쓰키는 미소 지으며 말했다.

"잘 어울리며 살고 있네."

"아, 뭐 그냥."

예전에는 그냥 미쓰키가 사람이 좋아서 웃는 줄 알았는데, 포용력이 느껴져 웃어 주기만 해도 마음이 놓였다.

"3초메 아주머니들은 요리 솜씨가 좋으니까 얻을 수 있는 건 행운이지만 말이야. 좋아, 오늘은 어디부터였지? 지난 회는 내가 어린이집에서 어려운 책을 읽어 주위 사람들을 놀라게 한 이야기까지 했었지? 음, 그럼 아저씨의 본가에 처음 갔던 이야기부터 시작할까? 어머니, 부탁해요."

도모가 붕장어 초밥을 베어 물며 말했다.

"네 멋대로 사회를 보지 마. 그렇게 딱딱 자르면 이야기
하기 힘들지."

미쓰키는 한숨을 내쉬면서도 웃었다.

"그야 아저씨와 어머니에게 맡겨 두면 25년 동안의 이
야기를 끝내는데 몇 십 년은 걸릴 거야. 마지막 장면을 이
야기할 때까지 둘이 함께 살 수 있어?"

"어머, 그게 무슨 실례니? 네가 어른이 되기 시작한 뒤
로는 이렇다 할 이야기가 없으니까 후반부는 금방 끝나지.
건방지고 귀여움이라고는 찾아볼 수 없게 된 중학교 3년
동안은 생략할 작정이고."

"정말? 나 중학교 때 활약이 없었어?"

"기억이 나지 않는걸. 초등학교를 졸업한 뒤에는 고등학
교 2학년 때로 건너뛸 거야."

미쓰키는 이렇게 말하더니 정말로 유쾌하다는 듯이 키
득키득 소리를 내어 웃었다.

'애와 함께 있으면 종일 화내다 웃다가 하기 때문일까?'
미쓰키가 저번에 이런 말을 했는데, 이렇게 웃는 모습에도
여러 종류가 있구나 하는 걸 그녀를 보고 비로소 깨달았
다. 그래서 웃고 있는 사람 곁에 있으면 반찬이 어떻더라

도 식사가 훨씬 즐거워진다.

"아, 참, 맞아. 모리카와 씨가 이 모시조개 넣고 지은 밥, 먹기 직전에 저민 생강을 얹으라고 주셨는데. 잠깐만 기다려."

나는 부엌에서 생강을 가지고 왔다.

"아, 잠깐만. 지금 그렇게 느긋하게 생강이나 얹고 있을 때가 아니야. 우리 두 사람이 25년 동안 어떻게 지냈는지 한순간도 빠짐없이 가르쳐 달라고 억지를 부린 게 아저씨잖아."

도모가 어처구니없다는 듯이 말했다.

"아, 그래. 들을게."

"그럼 당신 본가에 갔던 이야기부터 할게."

미쓰키는 내가 건네준 생강을 밥에 얹더니 입을 열었다.

"도모가 네다섯 살이 되어 제대로 이야기를 할 줄 알게 되었을 즈음인가? 아버지에 대해 알려 주는 게 낫겠다고 생각했어. 도모도 아빠가 없다는 걸 깨닫기 시작하던 때였지……. 그래서 아버지가 어떤 사람인지 알려면 할아버지와 할머니를 만나면 이해하기 쉽겠다고 생각해서."

"용기가 있었네."

내가 감탄하자 '용기?' 하며 미쓰키는 고개를 갸웃했다.

"내 부모를 만나는 건 문턱이 높았을 텐데."

"그런가?"

"그렇지. 뜬금없이 누구냐고 생각할 테고, 문전박대당할 가능성도 있잖아? 게다가 당신은 우리 부모님 얼굴은 보고 싶지도 않다고 생각하지 않았을까?"

"그런 문제까지는 생각하지 않았어. 애가 생기니까 내 인생인데 순식간에 주인공이 자식이 되어 버리는 거야. 그래서 내가 어떻게 느끼느냐는 아무 관계도 없어지고, 문턱 따위는 없어져 버려."

"흐음……. 대단하네, 자식이란."

"맞아, 대단해. 도모가 태어난 뒤로 난 자유가 사라졌지. 직업이라거나 취미처럼 그때까지 내가 쥐고 있던 것들도 대부분 사라졌고. 그래도 애와 있기에 맛볼 수 있는, 마음 깊은 곳에서 스며 나오는 듯한 감정은 다른 아무것도 필요 없을 것 같은 기분이 들지."

미쓰키는 이렇게 말하고 나서 '뭐 그런 기분이 들었을 뿐이지만' 하며 어깨를 으쓱했다. 그러자 '맞아, 아마 기분 탓이었을 거야'라며 도모도 웃었다.

두 사람은 이야기하면서도 잘 먹었다. 나도 따라가려고 파에야를 한 입 먹고 나서 질문을 이어 갔다.

"아버지와 어머니에게 내 원망을 하지는 않았어?"

"그런 적은 없었을걸? 분명히 도모가 태어날 때까지만 해도 당신 때문에 화가 났고, 내내 안절부절못했지. 소설을 좋아했지만 정작 그걸 쓰는 사람은 자기중심적이고 얼토당토않은 남자였으니까. 그렇지만 도모가 태어나면서 내내 떨어지지 않던 그런 불안감이 사라졌다고나 할까……? 뭐, 육아 때문에 너무 바빠서 당신 생각을 할 틈이 없어졌을 뿐이지만."

이렇게 말한 미쓰키는 웃으며 '모리카와 씨가 알려 준 생강이 맛을 절묘하게 내 주네'라면서 모시조개를 넣고 지은 밥을 떠서 입으로 가져갔다.

"맞아. 모리카와 씨네 음식은 질리지 않아. 그건 그렇고, 어머니와 아버지는 만나러 가면서 나를 만나러 가자고 하거나 도모를 보여 주려는 생각은 없었어?"

"설마. 매달 사진을 보내도 아무런 반응이 없는 사람을 내가 만나러 가 봤자 좋을 일 없잖아."

미쓰키는 내가 묻자 얼굴을 잔뜩 찌푸리며 대꾸했다.

"그래, 맞아. 그렇게 귀여운 아들 사진을 보면 당장 보러 달려오는 게 당연하지. 아니면 양육비를 100만 엔으로 올릴 텐데, 아저씨는 뭐."

도모는 짐짓 한숨을 푹 내쉬었다.

"그래……? 그렇구나."

"당신은 애를 원하지 않았고, 그때는 당신을 만나 봤자 도모에게도 좋을 일 없었을 것 같아."

"아, 그렇군. 미안해ㅡ."

내 경솔한 발언이 부끄러웠다. 이전의 나는 도모와 미쓰키가 만나러 올 만한 인간이 아니었다.

"사과할 거 없어. 둘이서 즐겁게 지냈으니까. 아, 당신을 따돌린 건 아니야. 소설은 꼬박꼬박 읽었지."

미쓰키는 다독이듯 말하고 내 얼굴을 보며 웃었다.

나보다 더 중요하게 여겨야 할 것이 있다. 거기에는 흔들리지 않는 각오가 필요하다. 자식과 함께 지내는 나날은 미쓰키를 무척 군세게, 너그럽게 만들었으리라.

"_그_보다 일은 잘되나? 이번 연재 좀 너무 어두운 느낌이 들던데……."

미쓰키는 살짝 목소리를 죽여 말했다.

"역시 그런가? 편집자도 사실은 너무 심각해서 읽기 버겁다고 하던데."

나는 머리를 긁적였다. 지금 함께 일하는 가타하라는 매회 날카롭게 지적해 준다.

"맞아."

"그래. 내가 생각하기에도 뜻밖이지만 이렇게 실생활이 너무 행복하면 마음이 약해지지. 그게 문장으로도 나와 버리는 것 같고……."

내가 이렇게 말하자 도모와 미쓰키는 동시에 웃음을 터뜨렸다.

"아저씨, 도대체 전에는 얼마나 불행했던 거야."

도모가 말했다.

"당신 행복은 아주 간단하네."

미쓰키도 배를 잡고 웃었다.

"아, 그런가?"

끝나지 않기를 바라는 저녁 식사. 두 사람을 기다리기에는 너무 멀게만 느껴지는 월말의 일요일. 도모와 미쓰키의 웃음. 절대 잃고 싶지 않다. 그렇게 생각하니 이리도 즐거운데 왠지 답답해진다.

모리카와 씨나 사세노 씨에게 미움을 살까 두렵고 이웃 사람들 시선도 신경이 쓰인다. 반장이 된 뒤로는 나름대로 열심히 일해서 5반 주민들에게 인정받고 싶기도 하다.

　전에는 그런 번거로운 일에서 벗어나 있었다. 마음 편하고 자유롭게 나만을 생각하면 되던 나날이었다. 하지만 이제 절대 놓치고 싶지 않은 것이 생긴 나는 터무니없는 겁쟁이가 되었다.

　이런 나날이 어지간해서는 무너지지 않을 것이다. 그런 확신이 들 때까지 더 노력하지 않으면 안 된다.

　"저어, 이야기가 전혀 앞으로 나아가지 않고 있는데, 괜찮겠어? 나 내일 아르바이트 오전 근무라서 오늘은 일찍 돌아가야 하는데."

　도모의 말을 듣고 시계를 보니 벌써 9시가 지나고 있다. 혼자서 밥을 먹을 때는 10분도 걸리지 않는데 다른 사람과 함께 식사하면 시간은 눈 깜빡할 사이에 지나간다.

　"그럼 가린토와 차 한잔 마시자. 기간 한정 벚꽃 맛 가린토를 샀어. 그리고 다이후쿠. 이건 봄철 한정 딸기 맛."

　나는 부엌에서 봉지를 가져왔다. 어제 역 앞 쇼핑센터에서 사 온 것들이다.

"아저씨, 다이후쿠 가게와 가린토 가게에 봉 잡힌 거 아닌가? 이달에도 이것저것 사 오셨네."

"얘, 네가 그렇게 일일이 참견하니 이야기가 진행되지 않지."

미쓰키는 지저분해진 접시를 식탁 구석 쪽으로 밀며 말했다.

"무슨 말씀이셔. 어머니가 자식이란 참 대단하다며 매번 허풍을 떠니 그렇지. 다음번부터는 사실만 이야기해 줘."

"사실만? 그런 이야기 들으면 무슨 재미가 있니? 중요한 건 너와 내가 어떻게 생각하느냐잖아."

"알았어. 이 이야기 평생 끝나지 않겠네. 아저씨도 뭐라고 좀 해 봐."

"어, 그게……."

나는 가린토를 접시에 얹으며 미쓰키와 도모가 옥신각신하는 걸 듣고 있었다.

도모에 관한 이야기가 끝이 나다니, 절대로 있을 수 없는 일이다. 도모에 얽힌 이야기나 우리 이야기나 결말은 없다. 내일도, 모레도. 앞으로 맞이할 나의 하루하루가 너를 알게 되는 날이다.

옮기고 나서

　세오 마이코 작가가 발표한 첫 책은 아직 우리나라에 나오지 않았지만《생명의 끈》이라는 제목으로 소개되어 있습니다. 이미 이 제목으로 널리 알려져 저도 그대로 사용합니다만 원제는《卵の緖》입니다. 일본어로 '타마고노오'라고 발음합니다. 초급 일본어를 마치신 분들이면 쉽게 우리말로 옮길 수 있듯이 '알의 끈'이라는 뜻입니다.

　두 편의 짧은 소설이 실린 이 데뷔작에서 작가는 핏줄이 이어지지 않은 어머니와 아들의 이야기를 합니다. 탯줄로 이어진 친어머니가 아니라는 사실을 깨달은 아들이 어머니에게 자신의 출생에 관해 묻자 어머니는 '넌 알에서 태어났다'라고 대답합니다. 출생의 비밀 따위는 어머니의 자식 사랑 앞에서 아무것도 아닙니다. 이 책에는 또 다른 가족 이야기가 나옵니다. 어머니와 누나, 동생이 함께 살며 진짜 가족이 되어 가는 모습을 그린 단편소설입니다. 물론 작가는 늘 그러듯 아무렇지도 않은 척 감동을 툭 던져 주지요.

2006년쯤으로 기억합니다. 제가 세오 마이코 작가를 작품으로 처음 만난 것이 이 바로《타마고노오》였습니다. 마땅치 않은 표현이지만 '결손 가정' 이야기라고 할 수 있습니다. 작가의 데뷔작에 소개되는 두 가족은 시작에 '결손'이 있었을지 몰라도 그렇지 않은 가족에 못지않은 관계로 성장합니다. 안구건조증인 분들도 눈물을 흘릴 만한 이야기와 함께.

세오 마이코 작가의 작품을 제가 처음 우리말로 옮기게 된 것은 세월이 꽤 흐른 뒤입니다. 2018년 2월에《그리고 바통은 넘겨졌다》가 책이 나오자마자 읽게 되었고 스토리텔러에 소개했습니다. 서점대상의 후보작이 되기 훨씬 전이었지요. 번역을 하던 2019년에 제16회 일본 서점대상 수상 소식이 들려왔고, 2021년에는 영화로도 만들어졌습니다.

이번 작품 《걸작은 아직》은 《그리고 바통은 넘겨졌다》의 한국어 판권이 계약된 지 얼마 지나지 않아 책이 나왔고, 자연스럽게 스토리텔러가 판권을 얻었습니다. 서로 끈이 이어진 작품이었기 때문이지요.

이 소설의 시작 부분에 아들과 아버지가 처음 만나 나누는 대사가 어색할 수도 있겠습니다. 아들은 아버지를 직접 부를 때 '아저씨'라고 합니다. 그러면서도 처음부터 그 아저씨에게 반말로 이야기합니다. 스스로 '난 원래 붙임성 좋게 태어났다'라는 아들은 이렇게 말합니다.

"난 항상 어머니라고 불러. 아저씨에게 그렇다는 이야기지. 생일도 모르고, 애인이라고 하지도 않고, 사이도 좋지 않은 데다가 친구도 아니고. 인연이 깊은 줄 알았더니 잠깐 섹스했을 뿐이라면서. 음, 스쳐 지났다는 표현 말고 얼른 띠오르는 표현이 없어."

낳고 길러 주신 분은 어머니라고 부르지만 태어나서 처

음 만나는, 그것도 어머니를 '스쳐 지나간 여인'으로 여기는 어른 남자를 쉽게 아버지로 부르기는 힘들 겁니다. 그러면서도 아들은 반말합니다. 아마 여느 일본 청년처럼 아버지라서 친근하게 높임말을 쓰지 않는 걸로 보입니다. '아저씨'에게 계속 정중한 표현을 쓴다면 아들과 아버지 관계는 어느 청년과 어느 아저씨 사이로 그칠 겁니다.

아들의 반말은 두 사람이 앞으로 부자 관계를 회복하게 될 가능성을 시작부터 보여 주는 듯합니다. 이렇게 두 사람은 만나지 못했던 25년의 세월을 메우기 시작합니다. 초반에 많은 단서를 깔아 놓은 작가는 중반 이후, 그리고 후반으로 넘어가며 아들의 이름에서부터 왜 이제야 나타났는지, 그간 어떻게 살아왔는지도 밝힙니다.

작품 속에는 여러 가지 수수께끼가 있는데 그 가운데 하나의 답을 옮긴이 후기에 밝힙니다. 독자 대부분 쉽게 알아차리시기를 바랐기 때문에 본문에 굳이 주석을 달지 않았습니다. 아들 '도모'의 이름에 얽힌 수수께끼가 나옵니다. '도모'라는 이름의 한자 '智'는 도모 아버지의 두 번째 작품 《너를 알게 되는 날(君を知る日)》의 제목에서 '知'와

'日'을 따와 합친 글자 모양입니다.

　'알의 끈'에서 발원한 세오 마이코의 가정 이야기는 《그리고 바통은 넘겨졌다》를 거쳐 이제 《걸작은 아직》에 이르렀습니다. 신파로 흐르지 않고, 담담하다 못해 '쿨하다'는 표현 말고는 찾기 힘든 스타일입니다. 그래서 《걸작은 아직》이 나왔을 때 《생명의 끈》, 《그리고 바통은 넘겨졌다》와 함께 언급되는 일이 많았습니다. 이 세 작품을 '지극히 평범한 사람들이 평범하지 않은 상황에서 평범한 행복을 찾아가는 담담한 이야기들'이라고 하면 매우 평범한 표현이 되겠지만 저로서는 다른 표현 방법이 없군요.

　그런데 내내 마음에 걸리는 단어가 있습니다. 어느 작가보다 '가족 이야기'를 많이 발표한 세오 마이코는 다른 여러 작품에서도 이른바 '결손 가정'을 다룹니다. '결손'이란 표준국어대사전의 설명을 빌려 오면 '어느 부분이 없거나 잘못되어 불완전함'이라고 합니다. 생명이 없는 인공적인 물체에만 쓰이면 좋겠나는 마음이 드는 말입니다. 그런데 사람들에 붙었습니다. 한 부모 가정을 포함하는 구조적 결손만이 아니라 심리적 결손까지 포함하면 이 세상에 결손 상태가 아닌 가족은 얼마나 될까요. 마땅한 표현이 발견되어 '결손 가정'이라는 폭력적 용어가 다시 쓰일 일 없게 되기를 바랍니다.

2022년 여름

권일영

옮긴이·권일영

중앙일보사에서 기자로 일했고, 1987년 아쿠타가와상 수상작인 무라타 기요코의《남비 속》을 우리말로 옮기며 번역을 시작했다. 히가시노 게이고, 미야베 미유키, 기리노 나쓰오, 하라 료 등 주로 일본 작가의 소설을 우리말로 옮기며 번역가로 활동하고 있다. 최근에는 2019년 서점대상 수상작인 세오 마이코의《그리고 바통은 넘겨졌다》를 비롯해 오기와라 히로시의《소문》, 시게마쓰 기요시의《목요일의 아이》, 모리 에토의《클래스메이트 1학기, 2학기》, 이케이도 준의《하늘을 나는 타이어》를 우리말로 옮겼다. 논픽션으로는《킬러 스트레스》,《에도가와 란포와 요코미조 세이시》등이 있다.

초판 1쇄 발행 | 2022년 7월 21일

지은이 | 세오 마이코
옮긴이 | 권일영
발행인 | 김태진, 승영란
마케팅 | 함송이
경영지원 | 이보혜
디자인 | ALL design group
인쇄 | 다라니인쇄
제본 | 다인바인텍
펴낸곳 | 에디터유한회사
주소 | 서울특별시 마포구 만리재로 80 예담빌딩 6층
전화 | 02-753-2700, 2778
팩스 | 02-753-2779
출판 등록 | 1991년 6월 18일 제1991-000074호

값 14,000원
ISBN 978-89-6744-248-4 03830